La bailarina del Gai-Moulin

✓ **W9-ABG-805**

Biblioteca Maigret

Biografía

Georges Simenon nació en Lieja en 1903 en una familia de escasos medios. Pese a ser un alumno dotado, abandona pronto la escuela y a los diecisiete años consigue entrar como reportero local en la *Gazette de Liège*. En 1922, tras llegar a París, se introduce en los ambientes de Montmartre, publica con seudónimo numerosas novelas populares y se codea con figuras como Colette, Vlaminck, Picasso y Joséphine Baker. En 1931 inicia la célebre serie de novelas protagonizadas por el comisario Maigret. Se abre entonces una época de grandes viajes, que lo llevan a lugares tan dispares como África, Taití, Australia o el Mar Rojo. De regreso en París, inicia una fructífera amistad con Gide y comienza la publicación de las llamadas «novelas duras». Durante la segunda guerra mundial ocupa con eficacia el cargo de alto comisario para los refugiados belgas, pero la necesidad de mantener a la familia le obliga a no olvidar la escritura. Acabada la guerra, se instala en Norteamérica (Québec, Arizona, Connecticut), y en 1955, dos años después de una gira «triunfal» por Europa, decide volver definitivamente a Francia. Más tarde buscará la tranquilidad familiar y vital en Suiza, donde nacerá su cuarto y último hijo. En 1960 preside el festival de Cannes, dato muy ilustrativo del cortejo a que lo someten los medios de comunicación. En 1972 decide abandonar del todo la narrativa, lo que no le impide seguir escribiendo textos autobiográficos, y muere en Lausanne en 1989.

Georges Simenon
La bailarina del Gai-Moulin

Traducción de Paula Brines

TUSQUETS
EDITORES

Título original: *La danseuse du Gai-Moulin*

Los libros de la serie Maigret se publican siguiendo
el orden cronológico en que los escribió Simenon

© Georges Simenon Limited, 2003
© por la traducción, Paula Brines, 1995
© Tusquets Editores, S.A., 2003
  Cesare Cantù, 8. 08023 Barcelona

Diseño de la cubierta: Opalworks
Ilustración de la cubierta: Cover
Primera edición: abril de 2003

Depósito legal: B. 11.672-2003
ISBN: 84-96171-09-4
Impreso en: Liberdúplex, S. L.
Encuadernado por: Liberdúplex, S. L.
Printed in Spain - Impreso en España

—¿Quién es?

—No sé. Es la primera vez que vi[...]
dió Adèle, al tiempo que exhalaba el [...]
cigarrillo.

Y descruzó perezosamente las [...]
atusó el cabello a la altura de las sie[...]
mirada en uno de los espejos que [...]
local para asegurarse de que no se le [...]
el maquillaje.

Estaba sentada en una banqueta [...]
granate, frente a una mesa sobre la [...]
copas con oporto. Tenía un joven [...]
y otro a su derecha.

—¿Me disculpáis, queridos?

Les dirigió una amable sonris[...]
dad, se levantó y, contoneando las [...]
la sala hasta la mesa del recién lleg[...]

A una seña del dueño, los cua[...]
turno sumaron sus voces a las de [...]
tos. Sólo bailaba una pareja: una [...]
y el bailarín profesional.

Como casi todas las noches, r[...]
sación de vacío. La sala era demasi[...]

pejos colgados en las paredes prolongaban aún
ás las perspectivas, sólo interrumpidas por las
nquetas rojas y el pálido mármol de las mesas.

Cuando Adèle les dejó, los dos jóvenes se
roximaron el uno al otro.

—Es encantadora —suspiró Jean Chabot, el
is joven, que fingía mirar distraído la sala con
párpados entornados.

—¡Y qué temperamento! —añadió su amigo
né Delfosse, que se apoyaba en un bastón con
puñadura de oro.

Chabot podía tener poco más de dieciséis
os. Su compañero Delfosse, más delgado, de
ecto enfermizo y facciones irregulares, no
dría más de dieciocho. Sin embargo, si al-
en les hubiera dicho que no estaban hastiados
todos los goces de la vida, habrían protestado
ignados.

—¡Eh, Victor! —Chabot llamó con familiari-
al camarero que pasaba—. ¿Conoces al tipo
acaba de llegar?

—No. Pero ha pedido *champagne*. —Y Victor,
empo que hacía un guiño, añadió—: Adèle
ocupándose de él.

El camarero se alejó con su bandeja. Cesó la
ica un instante y después se reanudó con un
o de Boston. El dueño del local, junto a la
a del cliente desconocido, se encargó per-
lmente de descorchar la botella de *cham-*

Indice

pagne, sujetándola por el cuello con una servilleta.

—¿Crees que cerrarán tarde? —preguntó Chabot con un soplo de voz.

—Entre las dos y las dos y media, supongo; como siempre.

—¿Tomamos algo más?

Estaban nerviosos, en particular el más joven, que miraba a todos los presentes con las pupilas demasiado fijas.

—¿Cuánto puede haber...?

Pero Delfosse se encogió de hombros y zanjó, impaciente:

—¡Anda, calla!

Veían a Adèle, casi frente a ellos, sentada a la mesa del cliente desconocido que había pedido *champagne*. Era un hombre de unos cuarenta años, de cabello negro y piel cetrina, que debía de ser italiano, turco o algo parecido. Vestía una camisa de seda rosa, y en la corbata llevaba prendido un grueso brillante.

Apenas prestaba atención a la bailarina, que le hablaba riendo e inclinándose sobre su hombro. Cuando Adèle le pidió un cigarrillo, él le ofreció una pitillera de oro y siguió mirando frente a sí.

Delfosse y Chabot ya no hablaban. Fingían observar al extranjero con desdén. Sin embargo, lo admiraban, e intensamente. No se perdían un solo detalle. Se fijaban en la forma del nudo de la corbata, en el corte del traje e incluso en los gestos del bebedor de *champagne*.

Chabot llevaba un traje de confección y zapatos a los que habían puesto medias suelas dos veces. Su amigo vestía un traje de tela de mejor calidad, pero no le sentaba bien: el chico tenía hombros estrechos, pecho hundido y silueta imprecisa, típica del adolescente que ha crecido demasiado.

—¡Otro!

La cortina de terciopelo, ante la puerta de entrada, se había apartado. Un hombre entregó su sombrero hongo al empleado y permaneció un momento inmóvil, paseando la mirada por la sala. Era alto, corpulento, grueso. Tenía cara plácida y ni siquiera escuchó al empleado, que quería indicarle una mesa. Se sentó en la primera que encontró.

—¿Tienen cerveza?

—Sólo cerveza inglesa, caballero. *¿Stout, pale-ale, scotch-ale?*

El otro se encogió de hombros para indicar que le daba igual.

No había más animación que antes ni que las demás noches: una pareja en la pista; la orquesta, que al final sólo se oía como ruido de fondo; en el bar, un cliente elegantemente vestido que jugaba una partida de dados con el dueño y sacó un póquer de ases; Adèle y su acompañante, que seguía sin prestar demasiada atención a la joven.

La atmósfera de un club nocturno de ciudad pequeña. En determinado momento, tres hombres borrachos apartaron la cortina. El dueño se precipitó hacia ellos; los músicos hicieron cuanto pudieron. Pero los hombres se marcharon y al alejarse se oyeron sus carcajadas.

A medida que pasaba el tiempo, Chabot y Delfosse se ponían más serios. La fatiga parecía resaltarles las facciones, dando a su piel un feo tono plomizo y hundiendo el contorno de sus párpados.

—Dime, a ver —empezó a decir Chabot con voz tan baja que su compañero adivinó, más que oyó.

No hubo respuesta. Un tamborileo de los dedos sobre el mármol de la mesa.

Adèle, apoyada en el hombro del extranjero, lanzaba a veces un guiño a sus dos amigos sin perder el aspecto mimoso y jovial que había adoptado.

—Victor.

—¿Ya se marchan? ¿Tienen una cita? —les preguntó el camarero.

Adèle se ponía mimosa, y el hombre, excitado, se hacía el misterioso.

—Mañana pagaremos, Victor. Hoy no llevamos suelto.

—¡Muy bien, señores! ¡Buenas noches! ¿Salen por ahí?

Pese a que los dos jóvenes no estaban borrachos, salieron de la sala sin ver nada, como inmersos en una pesadilla.

El Gai-Moulin tiene dos puertas. La principal da a la Rue du Pot-d'Or. Por ella entran y salen los clientes. Pero después de las dos de la mañana, cuando, según el reglamento impuesto por la policía, el local debería estar cerrado, se utiliza una puertecita de servicio que da a una callejuela mal iluminada y desierta.

Chabot y Delfosse cruzaron la sala, pasaron por delante de la mesa del extranjero, respondieron a las buenas noches del dueño y empujaron la puerta de los lavabos. Ahí se detuvieron unos segundos sin mirarse.

—Tengo miedo —balbució Chabot.

Se miraba en un espejo ovalado. La música amortiguada de la orquesta los perseguía.

—¡Rápido! —dijo Delfosse, al tiempo que abría una puerta que daba a una oscura escalera en la que reinaba un frescor húmedo.

Se trataba del sótano. Los peldaños eran de ladrillo. De abajo llegaba un repugnante olor a cerveza y vino.

—Si ahora viniera alguien...

Chabot estuvo a punto de tropezar, porque la puerta volvió a cerrarse y de pronto quedaron envueltos en la oscuridad. Con una mano palpó la pared cubierta de salitre. Se estremeció al sentir que alguien lo rozaba, pero se trataba de su amigo.

—¡No te muevas! —le ordenó éste.

En realidad, no se oía la música. Se adivinaba. Se percibía sobre todo la vibración del bombo de la orquesta. Era un ritmo, disperso en el aire, que evocaba el local de banquetas granates, el entrechocar de copas, la mujer del vestido rosa que bailaba con su compañero, de esmoquin.

Hacía frío. Chabot sentía que la humedad le calaba y tuvo que contenerse para no estornudar. Se pasó la mano por la nuca helada. Oía la respiración de Delfosse, cuyo aliento olía a tabaco.

Había entrado alguien en los lavabos. Se oyó el grifo. Una moneda cayó en el platillo.

Oían incluso el tictac del reloj que Delfosse llevaba en el bolsillo.

—¿Crees que podremos abrir...?

El otro le pellizcó en el brazo para hacerlo callar. Tenía los dedos muy fríos.

Arriba, el dueño debía de empezar a consultar el reloj con impaciencia. Cuando había público y animación, no le importaba demasiado pasarse de la hora y arriesgarse a que la policía lo sancionara. No obstante, cuando la sala estaba vacía, se volvía de pronto respetuoso con los reglamentos.

—¡Señores, vamos a cerrar! ¡Son las dos!

Los jóvenes, abajo, no oían, pero podían adivinar, minuto a minuto, cuanto ocurría: Victor cobraba y después se dirigía al bar para hacer las cuentas con el dueño, mientras los músicos guardaban los instrumentos en sus fundas y cubrían el bombo con una tela de lustrina verde. El otro camarero, Joseph, apilaba las sillas sobre las mesas y recogía los ceniceros.

—¡Cerramos, señores! ¡Vamos, Adèle! ¡Hay que darse prisa!

El dueño era un robusto italiano que había trabajado en bares y en hoteles de Cannes, Niza, Biarritz y París.

Se oyeron pasos en el lavabo. Era el dueño, que iba a cerrar la puertecita que daba a la callejuela. Dio una vuelta a la llave, pero la dejó en la cerradura. ¿Iría al sótano por rutina, para cerrarlo o para echar un vistazo? Hubo un silencio. El hombre estaría arreglándose ante el espejo la raya del cabello. Tosió. La puerta de la sala chirrió.

En cinco minutos todo habría acabado. El italiano, el último de todos en salir, habría bajado los cierres de la fachada y, ya en la calle, habría cerrado la puerta principal.

Ahora bien, nunca se llevaba todo el dinero de la caja; sólo se metía en la cartera los billetes de mil francos. El resto lo dejaba en el cajón del bar, cuya cerradura era tan frágil que bastaba una buena navaja para hacerla saltar.

Todas las luces estaban apagadas.

—Ven —murmura Delfosse.

—Aún no. Espera.

Pese a que están solos en el local, siguen hablando en voz baja. No se ven el uno al otro. Los dos saben que están muy pálidos, y se notan la piel tirante y los labios resecos.

—¿Y si se hubiera quedado alguien? —pregunta Chabot.

—¿Acaso tuve yo miedo cuando lo de la caja de caudales de mi padre? —replica Delfosse en tono arisco, casi amenazador.

—Tal vez no haya nada en el cajón.

Una especie de vértigo los invade. Chabot se siente peor que si hubiera bebido demasiado. Ha entrado en el sótano, pero ahora no tiene valor para salir de él. Parece a punto de desplomarse sobre los peldaños y estallar en sollozos.

—¡Vamos!

—¡Espera! El dueño podría volver.

Pasan cinco minutos; y otros cinco, porque Chabot hace lo posible por retrasar el momento de salir. Se le ha desatado el cordón de un zapato. Se lo ata a ciegas, y tiene miedo de caerse y hacer mucho ruido.

—No te creía tan cobarde. ¡Vamos, pasa! —le dice Delfosse, que no quiere salir el primero.

Empuja a su compañero con manos temblo-

15

rosas. Abren la puerta del sótano. Un grifo gotea en los lavabos. Huele a jabón y desinfectante.

Chabot sabe que la otra puerta, la que da a la sala, chirriará. Espera el chirrido; sin embargo, cuando lo oye, un escalofrío helado le recorre la espalda.

En la oscuridad, la sala es enorme como una catedral. Un vacío inmenso. Los radiadores desprenden todavía vaharadas de calor.

—Luz —susurra Chabot.

Delfosse prende un fósforo. Se detienen un segundo para recuperar el aliento, para calcular el camino que deben recorrer. De pronto, el fósforo cae al suelo y Delfosse, lanzando un grito agudo, se precipita hacia la puerta de los lavabos. Como todo está oscuro, no la encuentra. Retrocede y choca con Chabot.

—¡Rápido! ¡Vámonos de aquí!

Su voz suena ronca.

También Chabot ha visto algo, pero no lo ha distinguido bien; parece un cuerpo tendido en el suelo, cerca del bar. Cabellos muy negros.

No se atreven a moverse. La caja de fósforos está en el suelo, pero no pueden verla.

—¡Fósforos!

—No tengo más.

Uno de los jóvenes tropieza con una silla. El otro pregunta:

—¿Eres tú?

—¡Por aquí! He llegado a la puerta.

El grifo sigue goteando. Eso es un alivio, un primer paso hacia la liberación.

—¿Y si diéramos la luz?

—¿Te has vuelto loco?

Las manos buscan a tientas la cerradura.

—Vaya, cuesta mucho abrirla.

Oyen pasos en la calle. Chabot y Delfosse se inmovilizan. Esperan. Retazos de una conversación:

—En mi opinión, si Inglaterra no hubiera...

Las voces se alejan. Tal vez se trate de unos policías que hablan de política.

—¿Puedes abrirla?

Pero Delfosse está petrificado. Apoyado en la puerta, se oprime el pecho, jadeante, con las manos.

—Tenía... la boca abierta —farfulla.

La llave gira en la cerradura. Aire. La luz reverbera en los adoquines de la callejuela. Los dos arden en deseos de correr. Incluso olvidan cerrar la puerta.

Más allá, a la vuelta de la esquina, está la Rue du Pont-d'Avroy, una calle muy transitada. No se miran. Chabot tiene la sensación de que su cuerpo está vacío, de que esboza blandos movimientos en un mundo de algodón. Incluso los ruidos que él mismo hace le parecen llegar de muy lejos.

—¿Crees que está muerto? ¿Era el turco?

—Era él. Lo he reconocido. Tenía la boca abierta, y un ojo...

—¿Qué quieres decir?

—Un ojo abierto y otro cerrado —sigue Delfosse, y añade, rabioso—: ¡Tengo sed!

Han llegado a la Rue du Pont-d'Avroy. Todos los cafés están cerrados. Sólo hay abierta una freiduría en la que sirven cerveza, mejillones, arenques en vinagre y patatas fritas.

—¿Entramos ahí?

El cocinero, vestido de blanco de pies a cabeza, reaviva los fogones. Una mujer que come en un rincón les dirige una sonrisa provocativa.

—¡Cerveza! ¡Y una ración de patatas fritas! ¡Y otra de mejillones!

Luego piden más raciones. Tienen hambre. Un hambre atroz. ¡Y ya van por la cuarta cerveza!

Siguen sin mirarse. Comen con voracidad. En la calle, todo está oscuro y los escasos transeúntes caminan aprisa.

—Camarero, ¿cuánto es?

Nuevo terror. ¿Llevan, entre los dos, dinero suficiente para pagar la cena?

—Pues siete, y dos con cincuenta, y tres con sesenta, y... En total, dieciocho francos con setenta y cinco.

¡Les sobra justo un franco para la propina!

Las calles. Las tiendas cerradas. Las farolas de gas y, a lo lejos, los pasos de una ronda de agentes.

Los dos jóvenes cruzan el Mosa.

Delfosse camina en silencio, mirando fijamente frente a sí, con la mente tan alejada de la realidad que no se da cuenta de que su amigo le habla.

Y Chabot, para no quedarse solo, para prolongar la compañía tranquilizadora, sigue a Delfosse hasta la puerta de una casa acomodada, situada en la calle más hermosa del barrio.

—Acompáñame un trecho, anda —le implora entonces.

—No. No me encuentro bien.

Esa es la expresión exacta. Ninguno de los dos se encuentra bien. Chabot apenas ha entrevisto el cuerpo un instante, pero su imaginación bulle.

—¿De verdad era el turco?

Como no saben nada de ese hombre, lo llaman «el turco». Delfosse no contesta. En silencio, introduce la llave en la cerradura. En la penumbra se distingue un ancho pasillo y un paragüero de cobre.

—Hasta mañana.

—¿En el Pélican?

Pero la puerta se mueve, va a cerrarse de nuevo. Chabot siente vértigo. ¡Estar en su casa, en su cama! ¿Habrá acabado entonces esta historia?

Y Chabot se precipita, solo, por el barrio desierto; camina aprisa, corriendo, titubeando en las esquinas y lanzándose otra vez como un loco. En la Place du Congrès esquiva los árboles. Cree ver a un transeúnte a lo lejos y aminora el paso, pero el desconocido sigue en otra dirección.

Rue de la Loi. Casas de una sola planta. Un portal.

Jean Chabot busca la llave, abre la puerta, pulsa el interruptor de la luz y se dirige a la cocina, de puerta acristalada, donde la estufa aún no está del todo apagada.

Tiene que retroceder porque se ha olvidado de cerrar la puerta de entrada. Hace calor. Sobre el hule blanco de la mesa hay un papel con una nota escrita a lápiz:

«En el aparador tienes una chuleta, y en la alacena un trozo de tarta. Buenas noches.

»Papá».

Jean, todavía aturdido, abre el aparador y, nada más ver la chuleta, le entran náuseas. Sobre el mueble hay un pequeño tiesto con una planta parecida a la álsine.

Eso significa que ha venido la tía Maria. Siempre que viene trae alguna planta. En su casa, en el Quai Saint-Léonard, tiene miles de plantas. Y además da consejos minuciosos sobre el modo de cuidarlas.

Jean apaga la luz. Sube la escalera, no sin antes

quitarse los zapatos. Al llegar al primer piso, pasa por delante de las habitaciones de los huéspedes.

En el segundo piso, todas las habitaciones son buhardillas. El frío se filtra por el techo.

En cuanto empieza a avanzar por el pasillo, chirría un somier. Alguien, su padre o su madre, está despierto. Jean abre la puerta de su habitación.

Pero oye una voz lejana, apagada:

—¿Eres tú, Jean?

¡Qué fastidio! Tendrá que ir a dar las buenas noches a sus padres. Entra en el dormitorio de ellos. La atmósfera está húmeda. Hace ya horas que se han acostado.

—Es tarde, ¿no?

—No demasiado.

—Deberías... —¡No! Su padre no se atreve a reñirlo. O tal vez adivine que eso no serviría de nada—. Buenas noches, hijo.

Jean se inclina; besa una frente húmeda.

—¡Vaya, estás helado!

—Fuera hace fresco.

—¿Has encontrado la chuleta? La tarta la ha traído la tía Maria.

—He cenado con mis amigos.

Su madre se da media vuelta, semidormida, y el moño se le deshace sobre la almohada.

Jean no puede más. Al entrar en su habitación ni siquiera enciende la luz. Arroja la chaqueta del traje con descuido, se echa en la cama y hunde la cabeza en la almohada.

No llora. No podría. Intenta recobrar el aliento; le tiemblan todos los miembros, y grandes escalofríos le recorren el cuerpo, como si incubara una grave enfermedad.

Sólo quiere evitar que el somier chirríe. Quiere evitar el hipo que le sube —así lo siente— por la garganta, porque adivina que su padre, que tiene un sueño ligero, aguza el oído en la habitación contigua.

Una imagen crece en su cabeza, una palabra resuena, se hincha, adquiere proporciones tan monstruosas que parece que va a aplastarlo: ¡«el turco»!

Y esa sensación lo desazona, lo agobia, lo asfixia, lo oprime por todas partes, hasta que el sol entra por el tragaluz y su padre, de pie junto a su cama, murmura, temiendo mostrarse demasiado severo:

—No deberías hacer eso, hijo. Has vuelto a beber, ¿verdad? Ni siquiera te has desvestido.

De la planta baja le llega un olor a café y a huevos con beicon. Por la calle pasan camiones. Resuenan puertas. Un gallo canta.

La caja pequeña

Jean Chabot, con los codos apoyados en la mesa, apartó el plato y se quedó mirando el pequeño patio que se divisaba a través del tul de los visillos y cuyas paredes enjalbegadas relucían al sol.

Su padre, mientras comía e intentaba crear una atmósfera distendida, lo observaba a hurtadillas.

—¿Sabes si es verdad que van a poner en venta ese gran edificio de la Rue Féronstrée? Alguien me lo preguntó ayer, en la oficina. Tal vez deberías informarte, Jean.

Madame Chabot, que también espiaba a su hijo sin dejar de preparar las verduras para la sopa, intervino.

—¿Qué? ¿No comes?

—No tengo hambre, madre.

—Porque supongo que anoche volviste a emborracharte, ¿no? ¡Reconócelo!

—No.

—¿Crees que no se nota? ¡Tienes los ojos rojísimos y estás más pálido que la cera! Es inútil que nos esforcemos para que te críes fuerte. Vamos, cómete al menos los huevos.

Jean no habría podido comérselos ni por todo el oro del mundo. Sentía una opresión en el pecho. Y la atmósfera apacible de la casa, el olor a beicon y café, la pared blanca, la sopa que empezaba a hervir, todo le producía una especie de náusea.

Tenía prisa por estar fuera, por saber qué había ocurrido. Se estremecía al menor ruido de la calle.

—Tengo que irme.

—Aún no es la hora. Anoche estuviste con Delfosse, ¿verdad? Y ese muchacho, además, viene a buscarte aquí. ¡Un muchacho que no hace nada, porque sus padres son ricos! ¡Un vicioso! Claro, él no tiene que levantarse por la mañana para ir a la oficina.

Monsieur Chabot, en silencio, comía mirando al plato para no tener que tomar partido. Bajó un huésped del primer piso, un estudiante polaco, que salió directamente a la calle y se dirigió a la universidad. Se oía a otro vestirse en la habitación situada encima de la cocina.

—Ya verás, Jean. Esto acabará mal. Pregúntale a tu padre si él se iba de juerga a tu edad.

Jean tenía realmente los ojos llenos de venitas rojas y las facciones descompuestas. Se le veía un granito purpúreo en la frente.

—Me voy —repitió, al tiempo que miraba la hora.

En ese momento alguien dio unos golpecitos en el buzón de la puerta de entrada. De ese modo llamaban los íntimos; el timbre era para los extraños. Jean se apresuró a abrir y se encontró frente a Delfosse; éste le preguntó:

—¿Vienes?

—Sí. Voy a buscar el sombrero.

—¡Entre, Delfosse! —gritó Madame Chabot desde la cocina—. Precisamente le decía a Jean que ya es hora de que esto se acabe. ¡Mi hijo está arruinándose la salud! Que usted se vaya de juerga, es asunto de sus padres. Pero Jean...

Delfosse, alto y delgado, mucho más pálido aún que Chabot, bajó la cabeza esbozando una sonrisa forzada.

—Jean tiene que ganarse la vida —prosiguió Madame Chabot—. Nosotros no tenemos dinero. Usted es lo bastante inteligente para comprenderlo, y le pido que lo deje tranquilo.

—¿Vamos? —susurró Jean, que se sentía atormentado.

—Le juro, señora, que nosotros... —farfulló Delfosse.

—¿A qué hora regresasteis anoche?

—No sé. Tal vez a la una.

—¡Jean ha confesado que eran más de las dos de la mañana!

—Tengo que irme a la oficina, madre.

Se había puesto el sombrero y empujaba a

25

Delfosse por el pasillo. Monsieur Chabot se levantó a su vez y se puso el abrigo.

Fuera, como en todas las calles de Lieja, en ese momento las amas de casa fregaban la acera con abundante agua; las carretas de verduras y carbón se detenían ante los portales, y los vendedores voceaban su mercancía mientras sus gritos resonaban a lo lejos, de un extremo a otro del barrio.

—Bueno, ¿qué?

Los dos jóvenes habían doblado la esquina. Ya podían dar rienda suelta a su inquietud.

—¡Nada! El periódico de esta mañana no dice nada. ¿Quién sabe?, tal vez todavía no hayan encontrado el...

Delfosse llevaba una gorra de estudiante con visera grande. A esa hora todos los estudiantes se encaminaban a la universidad y, al cruzar el puente que franqueaba el Mosa, formaban casi un cortejo.

—Ya lo has visto: mi madre está furiosa, sobre todo contigo.

Cruzaron el mercado; se deslizaron entre los cestos de verduras y fruta, pisoteando hojas de col y de lechuga. Jean miraba fijamente ante sí.

—¿Qué hay del dinero? Estamos a día 15.

Cambiaron de acera porque pasaban frente a un estanco en el que debían más de cincuenta francos.

—Ya lo sé. Esta mañana he mirado en el billetero de mi padre, pero sólo había billetes grandes.

—Y Delfosse añadió en voz más baja—: No te preocupes. Después iré a la tienda de mi tío, en la Rue Léopold. Muchas veces se va y me deja un instante solo en la tienda.

Jean conocía esa tienda, la principal chocolatería de Lieja. Imaginó a su amigo deslizando la mano en la caja registradora.

—¿Cuándo nos veremos?

—Iré a buscarte al mediodía.

Se aproximaban al despacho del notario Lhoest, donde trabajaba Chabot. Se dieron la mano sin mirarse y Jean sintió cierto malestar, como si el apretón de manos de su amigo no fuera el mismo que de costumbre.

Claro, ¡ahora eran cómplices!

Jean tenía una mesa en la antesala. Como era el último empleado al que habían contratado, su tarea consistía básicamente en pegar sellos en sobres, clasificar la correspondencia y hacer recados en la ciudad.

Esa mañana trabajó sin decir nada, sin mirar a nadie, como si quisiera pasar inadvertido. Estaba atento sobre todo al oficial primero, un hombre de unos cincuenta años y aspecto severo, del que dependía.

A las once no había ocurrido nada, pero poco

antes del mediodía el oficial primero se acercó a él.

—¿Tiene usted las cuentas de la caja pequeña, Chabot?

Desde que había llegado, Jean tenía preparada una respuesta, que recitó apartando la mirada.

—Discúlpeme, Monsieur Hosay, hoy me he puesto otro traje y me he dejado en casa la libreta y el dinero. Esta tarde se lo daré.

Se lo veía muy pálido, cosa que asombró al oficial primero.

—¿Está usted enfermo?

—No. No sé, tal vez un poco.

La «caja pequeña» era una cuenta de la notaría con el dinero necesario para los sellos, la expedición de los certificados y, en general, los pequeños gastos corrientes. Dos veces al mes, en concreto los días 15 y 30, entregaban a Jean determinada suma, y él iba anotando los gastos en una libreta.

Los empleados empezaron a marcharse. Una vez fuera, el joven buscó a Delfosse con la mirada y lo divisó no lejos del escaparate del estanco fumando un cigarrillo de filtro dorado.

—¿Qué?

—¡Aquí ya está todo pagado!

Caminaron. Necesitaban sentirse rodeados de muchedumbre.

—Vamos al Pélican. He ido a la tienda de mi tío y, como sólo he tenido unos segundos, he metido la mano y, sin quererlo, he pillado demasiado dinero.

—¿Cuánto?

—Casi dos mil.

La cifra asustó a Chabot.

—Aquí tienes trescientos francos para la caja pequeña. El resto nos lo repartiremos.

—¡No, no!

Los dos estaban muy inquietos, y la insistencia de Delfosse era casi amenazadora.

—¡Es natural! ¿Acaso no lo repartimos siempre a partes iguales?

—Yo no necesito ese dinero.

—Yo tampoco.

Cuando pasaron ante una casa, miraron maquinalmente hacia el balcón de piedra del primer piso: correspondía a la habitación alquilada en la que vivía Adèle, la bailarina del Gai-Moulin.

—¿Has pasado por el local?

—Sí, he ido por la Rue du Pot-d'Or. Las puertas estaban abiertas, como todas las mañanas. Victor y Joseph barrían.

Jean hizo chasquear los dedos.

—Sin embargo, bien lo viste anoche, ¿verdad?

—Estoy seguro de que era el turco —dijo Delfosse recalcando las palabras y estremeciéndose.

—¿Había policía en la calle?

—No. Todo estaba normal. Victor me vio y me dio los buenos días.

Entraron en el Pélican, se sentaron a una mesa cerca de las ventanas y pidieron cerveza inglesa. Al instante, Jean se fijó en un cliente situado casi frente a él.

—No te vuelvas y mira por el espejo. Ese tipo estaba anoche en el... Bueno, ya sabes lo que quiero decir.

—¡El gordo! Sí, lo reconozco.

Era el último cliente que había entrado en el Gai-Moulin, el hombre corpulento y de espaldas anchas que había pedido cerveza.

—No debe de ser de Lieja.

—Fuma tabaco francés. ¡Cuidado! Está observándonos.

—Camarero —llamó Delfosse—. ¿Cuánto es? Le debíamos cuarenta y dos francos, si no me equivoco. —Entregó un billete de cien y dejó ver más billetes—. Cóbrese.

No se encontraban a gusto en ninguna parte. No bien acababan de sentarse, se pusieron de nuevo en marcha; Chabot, inquieto, se giró.

—Ese hombre nos sigue. En todo caso, lo tenemos detrás de nosotros.

—¡Cállate! Acabarás por contagiarme el miedo. ¿Por qué habría de seguirnos?

—No sé. Tal vez hayan encontrado al..., al turco. O quizá no estaba muerto.

—¡Calla de una vez! —murmuró Delfosse con dureza.

Recorrieron trescientos metros en silencio.

—¿Crees que debemos ir al Gai-Moulin esta noche?

—¡Claro que sí! No parecería natural que...

—¿Sabrá algo Adèle?

Jean tenía los nervios destrozados. No sabía adónde mirar ni qué decir. Aunque no se atrevía a girarse, sentía detrás de él la presencia del hombre de espaldas anchas.

—Si cruza el Mosa pegado a nuestros talones, es que nos sigue.

—¿Vuelves a casa?

—No me queda más remedio, mi madre está furiosa. —Parecía a punto de echarse a llorar en medio de la calle—. Está entrando en el puente. ¡Nos sigue!

—¡Cállate! Bueno, hasta la noche. Yo ya he llegado.

—René.

—Dime.

—No quiero guardar todo este dinero. Escucha...

Pero Delfosse entró en su casa encogiéndose de hombros. Jean caminó más aprisa, mirando los escaparates para ver si aún lo seguían.

Al llegar a las tranquilas calles del barrio de Outremeuse, ya no le cupo la menor duda. Entonces las piernas le flaquearon. Por un instante, presa del pánico, pensó detenerse. Pero caminó más aprisa, como impedido hacia delante por el miedo.

Cuando llegó a su casa, su madre le preguntó:

—¿Qué te ocurre?

—Nada.

—Estás muy pálido. Tienes la cara casi de color verde —le dijo, y añadió, furiosa—: ¿Te parece bonito, a tu edad, ponerte en semejante estado? ¿Por dónde anduviste ayer por la noche? ¿Y con qué compañía? No comprendo por qué tu padre no es más severo contigo. ¡Vamos, come!

—No tengo hambre.

—¿Aún no?

—Déjame, madre, por favor. No me encuentro bien, no sé qué me pasa.

La aguda mirada de Madame Chabot no se dejaba enternecer. Era una mujer bajita, delgada, nerviosa, que no paraba en todo el día.

—Si estás enfermo, llamaré al médico.

—¡No, por favor!

Se oyeron pasos en la escalera. A través de la puerta acristalada de la cocina se vio la cabeza de un estudiante. Llamó y apareció con expresión inquieta, recelosa.

—¿Conoce usted al hombre que está paseándose por la calle, Madame Chabot?

Tenía marcado acento eslavo. Sus ojos eran ardientes. Se irritaba a la menor ocasión.

Estaba matriculado en la universidad pese a

ser mayor que casi todos los estudiantes; acudía poco a clase.

Se sabía que era georgiano, que había estado metido en política en su país. Afirmaba ser noble.

—¿Qué hombre, señor Bogdanowski?

—Venga a verlo.

La llevó hacia el comedor, cuya ventana daba a la calle.

Jean vaciló antes de seguirlos. Sin embargo, también él acabó yendo.

—Hace un cuarto de hora que está rondando la calle. Seguro que es de la policía. ¡Si lo sabré yo!

—¡Qué va! —respondió Madame Chabot, optimista—. Usted ve policías por todas partes. Se trata simplemente de alguien que tiene una cita.

No obstante, el georgiano le lanzó una mirada suspicaz, masculló algo en su lengua y volvió a subir a su habitación. Jean había reconocido al hombre de espaldas anchas.

—¡Tú, ven a comer! Y no salgas con historias, ¿eh? Si no, te meto en la cama y llamo al médico en seguida.

Monsieur Chabot no volvía de su despacho al mediodía. Madre e hijo comían en la cocina; Madame Chabot, incapaz de quedarse sentada, iba y venía de la mesa al fogón.

Mientras Jean, con la cabeza gacha, intentaba

tragar algunos bocados, ella lo observaba, y de repente advirtió un detalle de su indumentaria.

—¿De dónde has sacado esa corbata?

—¿Yo?... Verás, René me la ha dado.

—René, siempre René. ¿Es que no tienes amor propio? Me avergüenzo de ti. Aunque esa gente tenga dinero, no por ello es recomendable. Los padres ni siquiera están casados.

—¡Mamá!

Acostumbraba a llamarla «madre», pero quería mostrarse suplicante. Ya no podía más. No pedía nada, excepto un poco de paz durante las pocas horas que estaba obligado a pasar en su casa. Se imaginaba vívidamente al desconocido rondando por la calle, enfrente, justo delante de la fachada de la escuela en la que él había estudiado sus primeros años.

—No, hijo mío. Vas por mal camino, te lo digo yo. Es hora de cambiar, si no quieres acabar mal, como tu tío Henry.

Esa evocación del tío, a quien a veces encontraban borracho como una cuba o sobre una escalera pintando la fachada de una casa, era como una pesadilla.

—Y eso que él había estudiado. Podía aspirar a cualquier colocación.

Jean se levantó con la boca llena, arrancó, literalmente, el sombrero de la percha y salió a toda prisa.

34

En Lieja, algunos periódicos lanzan una edición matutina, pero la edición importante aparece a las dos de la tarde. Chabot se dirigió hacia el centro de la ciudad envuelto en una especie de nube soleada que le enturbiaba la vista, y se despertó una vez cruzado el Mosa, al oír gritar:

—¡Compre la *Gazette de Liège!* ¡Acaba de salir la *Gazette de Liège!* ¡Un cadáver hallado en un cesto de mimbre! Detalles horribles. ¡Compre la *Gazette de Liège!*

Cerca de él, a menos de dos metros, el hombre de espaldas anchas había comprado un periódico y esperaba a que le devolviesen el cambio. Jean hurgó en un bolsillo y encontró los billetes que se había guardado en desorden; buscó en vano monedas de menos valor. Reanudó su camino y poco después empujaba la puerta de la notaría, donde todos los empleados habían llegado ya.

—¡Cinco minutos de retraso, Monsieur Chabot! —observó el oficial primero—. No es mucho, pero se repite con demasiada frecuencia.

—Discúlpeme, un tranvía que... Le traigo la caja pequeña.

Sabía que tenía el rostro alterado. La piel le ardía en los pómulos. Y sentía punzadas en las pupilas.

Monsieur Hosay hojeó la libreta y comprobó las sumas al pie de las páginas.

—Ciento dieciocho con cincuenta. ¿Eso es lo que queda?

Jean lamentó no haberse acordado de cambiar los billetes. Oyó que el oficial segundo y la mecanógrafa hablaban del cesto de mimbre.

—Graphopoulos. ¿Es turco ese nombre?

—Parece que se trata de un griego.

A Jean le zumbaban los oídos. Sacó dos billetes de cien francos del bolsillo. Monsieur Hosay le indicó con frialdad algo que había caído al suelo: un tercer billete.

—Me parece que maneja usted el dinero con mucha ligereza. ¿No tiene billetero?

—Perdón... Sí...

—Si el jefe le viera llevar los billetes así, en los bolsillos, de cualquier modo... ¡En fin! No tengo cambio. Guárdese usted esos ciento dieciocho francos con cincuenta. Cuando no le quede dinero, pídame más. Esta tarde tiene que ir a los periódicos para entregar los avisos oficiales. Es urgente. Han de aparecer mañana.

¡El turco! ¡El turco! ¡El turco!

Una vez en el exterior, Jean Chabot compró un periódico y se quedó unos momentos en el centro de un círculo de mirones, pues el vendedor de periódicos tardó en darle el cambio. Mientras caminaba, chocando con los transeúntes, leyó:

»Esta mañana, hacia las nueve, el guarda del Jardín Botánico, que acababa de abrir las puertas, descubrió sobre el césped un cesto de mimbre de grandes dimensiones. En vano intentó abrirlo: estaba cerrado con una varilla fijada con un fuerte candado. Así pues, llamó al agente Leroy, quien a su vez avisó al comisario de policía de la Cuarta División.

»Por fin, a las diez, un cerrajero abrió el cesto. ¡Imagine el lector el espectáculo que se ofreció a los investigadores!

»Había un cadáver encogido sobre sí mismo y, para comprimirlo aún más, no habían vacilado en romperle las vértebras del cuello. Se trataba de un hombre de unos cuarenta años, a todas luces extranjero, cuyo billetero buscaron en vano. En uno de los bolsillos del chaleco encontraron tarjetas de visita a nombre de Ephraim Graphopoulos.

»Debía de haber llegado a Lieja muy recientemente, pues no estaba inscrito en el registro de extranjeros y tampoco figuraba en las fichas de los hoteles de la ciudad.

»El médico forense no realizará la autopsia hasta esta tarde, pero se cree que la muerte se produjo durante la pasada noche y que fue provocada con un objeto contundente, como una porra de goma, una barra de hierro, una bolsa de arena o un bastón con alma de plomo.

»En nuestra próxima edición ofreceremos todos los detalles sobre este espectacular caso, que dará mucho que hablar.».

Con el diario en la mano, Jean llegó a la ventanilla del periódico *La Meuse,* entregó los avisos oficiales y esperó a que le dieran el recibo.

La ciudad hormigueaba bajo el sol. Eran los últimos días hermosos del otoño y en las avenidas empezaban a instalar las casetas para la gran fiesta de octubre.

En vano buscó tras de sí al hombre que lo había seguido por la mañana. Al pasar ante el Pélican entró para ver si encontraba a Delfosse, pues éste no tenía clase por la tarde, pero no estaba.

Dio un rodeo por la Rue du Pot-d'Or. Las puertas del Gai-Moulin estaban abiertas. En el local, en sombras, apenas se distinguía el granate de las banquetas. Victor lavaba los cristales con abundante agua y Chabot aceleró el paso para que no lo vieran.

Fue también a *L'Express* y al *Journal de Liège.*

El balcón de Adèle lo atraía. Dudó. La había visitado una vez, hacía un mes. Delfosse le había jurado que había sido amante de la bailarina, y poco después Chabot había llamado a su puerta, hacia el mediodía, con un pretexto estúpido. Ella lo había recibido con una bata que le daba un aspecto equívoco y había seguido arreglándose delante de él, al tiempo que charlaba como una buena amiga.

El no había intentado nada. Aun así, esa intimidad le había gustado mucho.

Empujó la puerta de la planta baja, junto a la tienda de comestibles, subió la oscura escalera y llamó.

No respondieron. Pero al poco rato se oyeron pasos cansinos por el parquet. Se abrió la mirilla, por la que salió un fuerte olor a alcohol de quemar.

—¡Ah, eres tú! Creí que era tu amigo.

—¿Por qué?

Adèle fue hacia un hornillo de níquel sobre el que había unas tenacillas de rizar el pelo.

—No sé. Se me ocurrió que podía ser él. ¡Cierra aprisa, que hay corriente!

En ese instante Chabot se sintió embargado por el deseo de confiarse a ella, de contárselo todo, pedirle consejo o verse consolado por esa mujer de ojos cansados, carnes un poco fatigadas pero tan sabrosas bajo la bata, y calzada con zapatillas de raso rojo, que arrastraba por el cuarto desordenado.

Sobre la cama, todavía sin hacer, vio un ejemplar de la *Gazette de Liège*.

El hombre de espaldas anchas

Adèle acababa de levantarse, y cerca del hornillo había un bote con leche condensada derramada.

—¿No ha venido tu amigo contigo? —insistió Adèle.

De repente Chabot se entristeció y replicó en tono gruñón:

—¿Por qué tenía que venir conmigo?

Ella, sin prestarle atención, abrió un armario y sacó una blusa de seda colorada.

—¿Es verdad que su padre es un importante industrial?

Jean no se había sentado; ni siquiera había soltado el sombrero de las manos. La miraba ir y venir, presa de un sentimiento confuso en el que se mezclaban la melancolía, el deseo, un respeto instintivo hacia ella y la desesperación.

Adèle no era hermosa, menos aún en zapatillas y bata arrugada. Pero tal vez por eso, y por el abandono que se desprendía de esa intimidad, Adèle tuviera para Jean más encanto. ¿Tendría veinticinco años, treinta años? En todo caso, había vivido mucho. Con frecuencia hablaba de

París, Berlín, Ostende. Citaba nombres de locales célebres.

Pero sin pasión, sin orgullo, sin afectación. Al contrario: el rasgo dominante de su carácter era un hastío que se traslucía en sus ojos verdes, en la desenvoltura con que sus labios retenían el cigarrillo, en sus gestos y sonrisas.

Un hastío sonriente.

—¿Qué fabrica?

—Bicicletas.

—¡Qué gracioso! Cierta vez, en Saint-Etienne, conocí a otro fabricante de bicicletas. ¿Qué edad tiene?

—¿El padre?

—No, René.

Al oír en sus labios ese nombre, Chabot se irritó aún más.

—Dieciocho años.

—Es muy vicioso, ¿verdad?

La familiaridad era completa. Trataba a Jean Chabot de igual a igual. En cambio, cuando hablaba de René Delfosse había un matiz de consideración en su voz.

¿Habría adivinado que Chabot no era rico, que pertenecía a una familia más o menos como la de ella?

—Siéntate. ¿Te molesta que me vista? Pásame los cigarrillos.

Chabot los buscó a su alrededor.

41

—Sobre la mesilla de noche, eso es.

Y Jean, muy pálido, apenas se atrevió a tocar la pitillera que había visto la víspera entre las manos del extranjero. Observó cómo la mujer, enseñando el cuerpo desnudo bajo la bata entreabierta, se ponía las medias.

Resultaba aún más turbador que en los primeros momentos. Se sonrojó, tal vez por lo de la pitillera, tal vez por la desnudez, probablemente por las dos cosas.

Adèle no era sólo una mujer. Era una mujer implicada en un drama, una mujer que seguramente ocultaba un secreto.

—Bueno, ¿me das los cigarrillos o no?

Jean le alargó la pitillera.

—¿Tienes fuego?

Le acercó un fósforo con mano temblorosa. Ella se echó a reír.

—¡Vaya! ¡Parece que no has visto a muchas mujeres en tu vida!

—He tenido amantes.

La risa se intensificó. Ella lo miraba de frente, con los párpados entornados.

—Me haces gracia, sí. Eres un tipo curioso. Pásame el cinturón.

—¿Anoche volvió usted tarde a casa?

Ella lo observó un poco seria.

—No estarás enamorado, ¿verdad? Y, además, eres celoso. Ahora comprendo por qué te has puesto de malhumor cuando he hablado de René. Vamos, vuélvete hacia la pared.

—¿No ha leído usted los periódicos?

—Sólo he ojeado el folletín.

—Han matado al tipo de anoche.

—¿En serio?

No estaba demasiado turbada. Sólo sentía curiosidad.

—¿Quién lo mató?

—No se sabe. Han encontrado su cadáver dentro de un cesto de mimbre.

Ella arrojó la bata sobre la cama. Jean se giró hacia la pared en el momento en que ella se quitaba el camisón y buscaba un vestido en el armario.

—¡Otra historia que me puede traer problemas!

—¿Salió usted del Gai-Moulin con él?

—No. Me marché sola.

—¡Ah!

—¿No me crees? ¿Te imaginas que traigo aquí a todos los clientes del club? Soy bailarina, muchacho, y por tanto tengo que incitar a los clientes a que consuman. Pero una vez cerradas las puertas, ¡se acabó!

—Sin embargo, con René...

Chabot comprendió que era una idiotez.

—¿Qué? ¡A ver!

—Nada. René me dijo que una vez...

—¡Menudo imbécil! Yo te digo que lo único

43

que hizo fue besarme. Dame otro cigarrillo. —Y, al tiempo que se ponía un sombrero, añadió—: Venga, que tengo que ir a comprar. ¡Vamos, cierra la puerta!

Bajaron uno tras otro la oscura escalera.

—¿Hacia dónde vas?

—Vuelvo a la oficina.

—¿Irás esta noche al Gai-Moulin?

La muchedumbre invadía la acera. Se separaron, e instantes después Jean Chabot se sentaba a su escritorio, delante de una pila de sobres a los que debía poner el sello.

Sin que supiera el motivo exacto, más que tristeza ahora lo invadía el miedo. Miraba con asco la oficina tapizada de avisos notariales.

—¿Tiene los recibos? —le preguntó el oficial primero.

El se los entregó.

—¿Y el recibo de la *Gazette de Liège*? ¿Ha olvidado la *Gazette de Liège*? —¡Un drama! ¡Una catástrofe! Por el tono del oficial primero, parecía que hubiera ocurrido una tragedia—. Escuche, Chabot, ¡esto no puede continuar así! El trabajo es el trabajo. El deber es el deber. Me veré obligado a comentárselo al jefe. Además, me han dicho que por las noches frecuenta usted lugares poco recomendables en los que yo, personalmente, nunca he puesto los pies. Voy a serle franco: va usted por mal camino. ¡Míreme cuando le hablo! Y no ponga esa expresión irónica, ¿me oye? Esto no va a quedar así.

Se marchó dando un portazo. El joven se quedó solo pegando sellos.

En ese momento, Delfosse debía de estar sentado en la terraza del Pélican o instalado en algún cine. El reloj marcaba las cinco. Jean Chabot miró cómo la aguja avanzaba sesenta veces en un minuto, se levantó, tomó el sombrero y cerró su cajón con llave.

El hombre de espaldas anchas no estaba fuera. Hacía fresco. El crepúsculo formaba en las calles grandes capas de niebla azulada, perforada por las luces de los escaparates y los cristales de los tranvías.

—¡Compre la *Gazette de Liège!*

Delfosse no estaba en el Pélican. Chabot lo buscó en los cafés del centro en que acostumbraban a encontrarse. Sentía las piernas pesadas y la cabeza tan vacía que decidió ir a acostarse.

Nada más entrar en su casa, intuyó que había sucedido algo anormal. La puerta de la cocina estaba abierta. Pauline, una estudiante polaca que ocupaba una habitación del primer piso, estaba inclinada sobre alguien a quien el joven no vio de inmediato.

Avanzó en silencio. De repente estalló un sollozo. Pauline giró hacia él su rostro, poco agraciado, y adoptó una expresión severa.

—¡Mire a su madre, Jean!

Madame Chabot, en delantal y con los codos sobre la mesa, lloraba a lágrima viva.

—¿Qué ocurre?

La polaca prosiguió:

—Lo sabe usted muy bien.

Madame Chabot se enjugó los ojos enrojecidos, miró a su hijo y estalló de nuevo en sollozos más intensos.

—¡Me va a matar! ¡Es horrible!

—¿Qué he hecho, madre?

Jean hablaba con voz impersonal, demasiado clara. El miedo lo paralizaba de pies a cabeza.

—Déjenos, Pauline. Es usted muy amable. ¡No sé por qué tiene que pasarnos esto a nosotros, que siempre hemos preferido ser pobres, pero honrados!

—No entiendo nada —replicó Jean.

La estudiante se marchó. Se la oyó subir la escalera que conducía al primer piso, pero dejó abierta la puerta de su habitación.

—¿Qué has hecho? Dime la verdad. Tu padre está a punto de llegar. ¡Cuando pienso que todo el barrio va a enterarse!

—¡Te juro que no entiendo nada!

—¡Mientes, Jean! De sobra sabes que mientes. Desde que andas con ese Delfosse y todas esas mujerzuelas... Hace media hora, Madame Velden, la verdulera, ha venido muy sofocada. Estaba aquí la señorita Pauline. Y, delante de ella, Madame Velden me ha dicho que un hombre había ido a verla para pedirle información sobre ti y sobre nosotros. Seguro que ese hombre era de la policía, ¡y tenía que dirigirse precisamente a Madame Velden, que tiene la lengua más viperina del barrio! A estas horas, todo el mundo debe de haberse enterado. —Se había levantado. De manera maquinal, vertía agua hirviendo en el filtro de la cafetera. Después sacó un mantel de un armario—. ¡Ya ves de qué han servido los sacrificios que hemos hecho para criarte! ¡La policía preguntando sobre nosotros! ¡Encima, tal vez vengan a casa! No sé cómo se lo tomará tu padre, pero te aseguro que el mío te habría echado de casa. ¡Si ni siquiera tienes diecisiete años! Ah, tu padre tiene la culpa de esto. El te deja salir hasta las tres de la mañana y, cuando me enfado, te defiende.

Sin saber por qué, Jean estaba seguro de que el supuesto policía era el hombre de espaldas anchas. Mantuvo la vista clavada en el suelo, tenazmente.

—Bien, ¿no dices nada? ¿No quieres confesar lo que has hecho?

—No he hecho nada, madre.

—Si no has hecho nada, ¿por qué la policía anda preguntando sobre ti?

—Quizá no sea de la policía.

—¿Quién es, entonces?

De repente, para acabar con la penosa escena, se atrevió a mentir.

—Tal vez alguien que quiere contratarme y que está buscando referencias. Donde trabajo me pagan poco. He hecho algunas gestiones para encontrar un nuevo empleo.

Ella lo miró con ojos penetrantes.

—¡Mientes!

—¡Te juro que es verdad!

—¿Seguro que Delfosse y tú no habéis hecho alguna tontería?

—Te lo juro, madre.

—En ese caso, lo mejor que puedes hacer es ir a ver a Madame Velden. ¡No conviene que cuente a todo el mundo que la policía te está buscando!

Una llave giró en la cerradura de la puerta de entrada. Monsieur Chabot se quitó el abrigo y lo colgó en el perchero; entró en la cocina y se sentó en su butaca de mimbre.

—¿Ya de vuelta, Jean?

Se asombró al ver los ojos enrojecidos de su mujer, la cara enfurruñada del joven.

—¿Qué ocurre?

—Nada, estaba regañando a Jean. No quiero que vuelva a regresar a horas indebidas. Como si no estuviera bastante bien aquí, en familia...

Y empezó a poner los cubiertos en la mesa y

a servir la sopa. Mientras comía, Monsieur Chabot solía leer el periódico y comentaba las noticias.

—Otro caso que dará que hablar: la policía ha encontrado un cadáver en un cesto de mimbre. Un extranjero, claro, y seguramente espía. —Cambiando de tema, añadió—: ¿Ha pagado el señor Bogdanowski?

—Aún no. Me ha dicho que esperaba el dinero para el miércoles.

—¡Lleva esperándolo tres semanas! Muy bien, peor para él. El miércoles dile que esto no puede seguir así.

Reinaba una atmósfera cargada, llena de olores familiares; las cacerolas de cobre lanzaban reflejos, y destacaban las llamativas ilustraciones de un calendario de propaganda colgado en la pared desde hacía tres años.

Jean, que comía como un autómata, poco a poco fue sintiéndose embotado. En ese ambiente cotidiano, le entraban dudas sobre la realidad de los acontecimientos del exterior. Por eso le costó trabajo imaginar que dos horas antes había visto cómo una bailarina, en su habitación, se ponía las medias delante de él, con la bata abierta, y dejaba ver un cuerpo pálido, metido en carnes, un poco cansado ya.

—¿Has preguntado sobre esa casa?

—¿Qué casa?

—La de la Rue Féronstrée.

—Yo... Hum..., se me ha olvidado —respondió Jean.

—¡Como siempre! Espero que esta noche vuelvas pronto y descanses un poco. Tienes muy mala cara.

—Sí. Hoy no saldré.

—¡Será la primera vez esta semana! —intervino Madame Chabot, que no estaba aún del todo tranquilizada y acechaba las expresiones del rostro de su hijo.

En éstas, se oyó un repiqueteo en el buzón. Jean, que sabía con certeza que era para él, se precipitó al pasillo para ir a abrir. Monsieur y Madame Chabot miraban por la puerta acristalada.

—Otra vez ese Delfosse —dijo Madame Chabot—. No deja tranquilo a Jean. Si esto sigue así, iré a ver a sus padres.

Se veía a los dos jóvenes hablar en voz baja ante el umbral. Chabot se giró varias veces para asegurarse de que no los escuchaban. Parecía resistirse a una invitación apremiante.

Y de repente, sin volver a la cocina, gritó:

—¡Vuelvo en seguida!

Madame Chabot se levantó para impedirle que se marchara. Pero Jean, con gestos febriles debidos a las prisas, ya había agarrado su sombrero del perchero; salió a la calle y cerró la puerta con estruendo.

—¿Cómo dejas que se comporte así? —le espetó Madame Chabot a su marido—. ¿Ese es el respeto que le inspiras? Si tuvieras un poco más de autoridad...

Siguió hablando de ese modo, bajo la lámpara, al tiempo que comía, mientras a Monsieur Chabot se le iban los ojos tras el periódico, que no se atrevió a seguir leyendo antes de que acabara la diatriba.

—¿Estás seguro?

—Sí. Lo he reconocido perfectamente. Hace tiempo fue inspector en nuestro barrio.

Delfosse tenía el rostro más afilado que nunca y, al pasar bajo una farola de gas, su compañero comprobó que estaba palidísimo. Fumaba a pequeñas bocanadas nerviosas.

—No puedo más, llevo cuatro horas así. ¡Ahí está! Vuélvete rápido. Lo oigo a menos de cien metros de nosotros.

Sólo se distinguía la silueta de un hombre que caminaba a lo largo de las casas de la Rue de la Loi.

—Empezó a seguirme después del almuerzo, o tal vez antes. Pero no me di cuenta hasta que me instalé en la terraza del Pélican. Se sentó a una mesa vecina y lo reconocí. Hace dos años que trabaja para la policía secreta. Mi padre lo necesitó a raíz de un robo de metales en los talleres.

Se llama Gérard o Girard. Al cabo de poco me levanté; no sé, el tipo me ponía nervioso. Enfilé la Rue de la Cathédrale, y él se echó a andar detrás de mí. Entré en otro café y él se quedó esperándome a cien metros. Fui al cine Mondain, y allí estaba él, tres filas más atrás. No sé qué más he hecho: he caminado, he tomado tranvías... ¡Todo por culpa de los billetes que llevo en el bolsillo! Quiero deshacerme de ellos, porque si me registrara no podría explicarle de dónde proceden. ¿Te importaría decir que son tuyos? Por ejemplo, dile que tu jefe te los ha entregado para un recado.

—¡No!

Delfosse tenía la frente cubierta de sudor, la mirada a la vez aviesa e inquieta.

—De todas maneras, tenemos que hacer algo. Acabará pidiéndonos la documentación, ya verás. He ido a tu casa, porque así, los dos juntos, lo...

—¿Has cenado?

—No tengo hambre. ¿Y si al pasar por el puente tirara los billetes al Mosa?

—¡Se daría cuenta!

—Como último recurso, podría ir al lavabo en un café, o mejor... Ya está. Nos sentaremos en alguna parte y tú irás al lavabo, mientras él sigue vigilándome.

—¿Y si me sigue a mí?

—No lo hará. Además, nadie puede impedirte que eches el cerrojo de la puerta del lavabo.

Caminaban por el barrio de Outremeuse, de calles espaciosas, pero desiertas y mal iluminadas.

Detrás de ellos, oían los pasos regulares del policía, que no parecía querer ocultarse.

—¿No sería mejor que entráramos en el Gai-Moulin? Parecerá más natural. Vamos allí casi todas las noches. Además, si hubiéramos matado al turco, no pondríamos los pies en él.

—¡Es demasiado pronto!

—Esperaremos.

No hablaron más. Cruzaron el Mosa, erraron por las calles del centro, girándose de vez en cuando para ver si Girard seguía pisándoles los talones.

En la Rue du Pot-d'Or, vieron el rótulo luminoso del club nocturno, que acababa de abrir.

—¿Entramos?

Recordaban la huida de la noche anterior, y tenían que hacer un gran esfuerzo para avanzar. Victor estaba en la puerta, con la servilleta en el brazo, lo que significaba que apenas si había clientes.

—¡Vamos!

—¡Buenas noches, señores! ¿No han visto a Adèle, por casualidad?

—No. ¿No ha llegado?

—Aún no. Es curioso, porque siempre es muy puntual. Entren. ¿Oporto?

—¡Oporto, sí!

El local estaba vacío. Los músicos no se molestaban en tocar. Charlaban, mientras observaban la puerta de entrada. El dueño, con chaqueta blanca, colocaba banderitas estadounidenses e inglesas detrás de la barra del bar.

—¡Buenas noches, señores! —les gritó de lejos—. ¿Qué tal?

—¡Muy bien!

El policía entró a su vez. Era un hombre aún joven, que se parecía un poco al oficial segundo de la oficina de Chabot. Se negó a entregar el sombrero al empleado y se sentó junto a la puerta.

A una seña del dueño, los músicos empezaron a tocar jazz, mientras el bailarín profesional, sentado al fondo de la sala, donde estaba escribiendo una carta, se acercó a la única bailarina que había llegado.

—Anda, vamos.

Delfosse, por debajo de la mesa, puso algo en la mano de su compañero, pero éste no se decidía a tomarlo. El policía los miraba.

—Es el momento.

Chabot agarró al fin los pringosos billetes. Con ellos en la mano, para evitar gestos inútiles, se levantó.

—¡Ahora vuelvo! —dijo en voz alta.

A Delfosse le costó ocultar su alivio y lanzó una involuntaria mirada triunfal a su seguidor.

El dueño detuvo a Jean.

54

—Espere, le daré la llave. La encargada todavía no ha llegado. No sé qué pasa hoy, ¡todas se retrasan!

La puerta del sótano estaba entreabierta y por ella salían vaharadas de aire húmedo que hicieron estremecer al joven.

Delfosse se bebió su oporto de un trago. Tuvo la impresión de que le sentaba bien y a continuación se bebió el de su amigo. El inspector no se movía. Así pues, ¡la maniobra había tenido éxito! En unos instantes, los comprometedores billetes desaparecerían por el desagüe.

En ese momento entró Adèle, vestida con un abrigo de raso negro ribeteado de piel blanca. Saludó a los músicos y estrechó la mano de Victor.

—¡Hola! —saludó a Delfosse—, ¿no está tu amigo? Esta tarde lo he visto, ha venido a mi casa. ¡Qué tipo más curioso! ¿Me disculpas? Voy a dejar el abrigo.

Lo puso detrás de la barra, donde cambió algunas palabras con el dueño; volvió a la mesa del joven y se sentó junto a él.

—Dos copas. ¿Estás con alguien?

—Con Jean.

—¿Dónde se ha metido?

—Ahí —contestó señalándole la puerta de los lavabos con la mirada.

—¡Ah! Ya. ¿En qué trabaja su padre?

55

—Es contable en una compañía de seguros, creo.

Adèle no hizo comentarios. Eso le bastaba. Era justo lo que había sospechado.

—¿Por qué últimamente no vienes con tu coche?

—Es de mi padre, y yo no tengo permiso de conducir. Sólo lo uso cuando él se va de viaje. La próxima semana se irá a los Vosgos. Si usted..., si tú quieres, podemos dar un paseo juntos... ¿Hasta Spa, por ejemplo?

—¿Quién es ese tipo? ¿Policía?

—No sé —balbució él, al tiempo que se sonrojaba.

—No me hace gracia su cara. Oye, ¿estás seguro de que tu amigo no se ha desmayado? Victor, un *sherry*. ¿Te apetece bailar? Yo no tengo muchas ganas, pero al dueño le gusta que haya animación.

Hacía veinte minutos que Chabot había desaparecido. En la pista, Delfosse estaba haciéndolo tan mal que, en pleno baile, Adèle, imperiosa, se puso a guiarlo.

—¿Me disculpas? Voy a ver qué hace mi amigo.

Empujó la puerta de los lavabos. Jean no estaba. La encargada colocaba los objetos de aseo sobre una toalla.

—¿Ha visto usted a mi amigo?

—No. Acabo de llegar.

—¿Ha entrado usted por la puerta de servicio?

—¡Como siempre!

René la abrió. La callejuela estaba desierta, lluviosa y fría, salpicada por la luz intermitente de una sola farola de gas.

Los fumadores de pipa

En la inmensa sala, donde las mesas —cubiertas con papel secante— servían de escritorio, se hallaban cuatro hombres. Las lámparas tenían pantallas de cartón verde. Las puertas estaban abiertas y daban a oficinas vacías.

Era de noche. Se habían quedado sólo los de la Sûreté, fumando en pipa. Un hombre alto y pelirrojo, el comisario Delvigne, sentado en el borde de una mesa, se retorcía de vez en cuando el bigote. Un joven inspector dibujaba en el papel secante. El que hablaba era un hombre bajo y robusto, que sin duda procedía de las provincias y que todavía conservaba su aspecto campesino.

—¡Si compras doce, sale a siete francos la unidad! Son pipas que costarían veinte francos en cualquier tienda. Y sin un defecto, ¿eh? Mi cuñado trabaja en la fábrica, en Arlon.

—Podríamos pedir dos docenas para toda la brigada.

—Eso mismo le he dicho por carta a mi cuñado. A propósito, él, que sabe mucho de esto, me ha enseñado un truco estupendo para curar las pipas.

El comisario movía una pierna en el vacío. Todo el mundo seguía atentamente la conversación. Todo el mundo fumaba. A la violenta luz de las lámparas, se veían alargarse nubes azuladas.

—En lugar de asirla de cualquier modo, sujetas la cazoleta así y...

Se abrió una puerta. Entró un hombre que empujaba a otro delante de él. El comisario lanzó una mirada hacia los recién llegados y preguntó:

—¿Eres tú, Perronet?

—¡Soy yo, jefe! —Y, dirigiéndose al especialista en pipas, añadió—: Aligera.

Dejaron cerca de la puerta al joven, quien tuvo que oír todo el discurso sobre la manera de curar las pipas.

—¿No quieres una tú también? —preguntaron a Perronet—. Pipas de auténtica raíz de brezo por siete francos, gracias a mi cuñado, que es encargado de una fábrica en Arlon.

El comisario Delvigne, sin moverse de su sitio, dijo alzando la voz:

—¡Avance un poco, joven!

Se refería a Jean Chabot, que, exangüe, con los ojos muy fijos, parecía a punto de sufrir un ataque de nervios. Los otros lo miraban, al tiempo que fumaban y cambiaban aún algunas frases entre ellos, e incluso una broma, de la que rieron.

—¿Dónde lo has atrapado, Perronet?

—En el Gai-Moulin. ¡Y en el momento oportuno! Justo cuando iba a arrojar un montón de billetes de cien al retrete.

Nadie se asombró. El comisario miró a su alrededor.

—¿Quién quiere rellenar las hojas?

El más joven se sentó a una mesa y tomó unos formularios impresos.

—Nombre, apellidos, edad, profesión, dirección, condenas anteriores... ¡Responda!

—Chabot, Jean-Joseph-Emile, empleado, Rue de la Loi, número cincuenta y tres...

—¿Alguna condena?

—No.

Las palabras le salían con dificultad de la garganta.

—¿Su padre?

—Chabot, Emile, contable...

—¿Tampoco lo han condenado nunca?

—Nunca.

—¿Su madre?

—Elisabeth Doyen, cuarenta y dos años.

Nadie escuchaba. Era la parte administrativa del interrogatorio. El comisario de bigote pelirrojo encendió lentamente una pipa de espuma, se levantó, paseó de un lado a otro de la habitación y preguntó:

—¿Se ha ocupado alguien del suicidio del Quai de Coronmeuse?

—¡Ha ido Gerbert!

60

—¡Bien! A lo nuestro, joven. Y, si quiere un buen consejo, ¡no intente hacerse el listo! Anoche estaba usted en el Gai-Moulin en compañía de un tal Delfosse, del que nos ocuparemos después. Entre los dos, no tenían dinero suficiente para pagar las consumiciones y debían las de días anteriores, ¿no es así?

Jean Chabot abrió la boca y volvió a cerrarla sin decir nada.

—Sus padres no son ricos. Usted no gana demasiado. Pese a todo, se pega usted la gran vida. Y debe dinero en casi todas partes. ¿Es verdad eso?

El joven bajó la cabeza y siguió sintiendo las miradas de los cinco hombres clavadas en él.

En el tono del comisario había condescendencia y un poco de desprecio.

—¡Incluso en el estanco! Porque ayer aún le debían ustedes dinero, ¿no? Ya se sabe: jovencitos que quieren dárselas de juerguistas y que carecen de medios. ¿Cuántas veces ha birlado dinero del billetero a su padre?

Jean se puso colorado. ¡Esa frase le sentó peor que una bofetada! Para colmo, era exacta e inexacta a un tiempo.

En el fondo, todo lo que decía el comisario era verdad. Pero la verdad, presentada así, con tanta crudeza y sin el menor matiz, dejaba casi de ser la verdad.

Chabot había empezado bebiendo cervezas

con amigos en el Pélican. Se había acostumbrado a beber todas las noches, porque se reunían en ese local y se creaba una cálida atmósfera de camaradería.

Uno pagaba una ronda; otro, la siguiente. Rondas que ascendían a seis e incluso a diez francos.

¡Era tan agradable, después del despacho, después de las reprimendas del oficial primero, sentarse ahí, en el café más lujoso de la ciudad, viendo pasar a los transeúntes por la Rue du Pont-d'Avroy, estrechando manos, viendo a mujeres bonitas que a veces venían a sentarse a su mesa!

¿Acaso no se sentían los amos de toda Lieja?

Delfosse pagaba más rondas que los demás, porque era el que llevaba más dinero encima.

«¿Vamos al Gai-Moulin esta noche? Hay una chica sensacional.»

Allí era aún más embriagador: las banquetas granates, la atmósfera cargada y cálida, perfumada, la música, la familiaridad de Victor y, sobre todo, la familiaridad de mujeres con los hombros desnudos que se alzaban la falda para ajustarse las medias.

Poco a poco, eso se convirtió en una necesidad. Una vez, una sola, porque no quería que los demás pagaran siempre, Jean había robado dinero, y no de su casa, sino de la caja pequeña. Había sisado del importe, abultado, de una serie de envíos certificados, ¡apenas veinte francos!

—Nunca he robado a mi padre.

—Claro, ¡no debe de tener mucho de donde robarle! Volvamos a la velada de ayer. Ustedes dos estaban en el Gai-Moulin, no tenían un céntimo y encima invitaron a beber a una bailarina. Déme sus cigarrillos.

El joven le entregó la cajetilla sin comprender.

—Luxor con filtro de corcho. ¿Son éstos, Dubois?

—¡Exactamente!

—¡Bien! En el local había un hombre que parecía rico, bebía *champagne* y debía de tener el billetero bien repleto. Contra su costumbre, salieron ustedes por la puerta de servicio. Ahora bien, hoy, en la escalera del sótano, cerca de esa salida, se han encontrado dos colillas y huellas de pisadas, prueba, al parecer, de que, en lugar de salir, se escondieron ustedes allí. El extranjero fue asesinado, en el Gai-Moulin o en otro sitio. Le robaron el billetero y, por cierto, también la pitillera de oro. ¡Hoy pagan ustedes todas las deudas que tenían! Y esta tarde, sintiéndose acorralado, usted intenta arrojar dinero al retrete.

El comisario había hablado en tono indiferente, como si no se tomara el asunto demasiado en serio.

Chabot miraba con fijeza el suelo sucio. Apretaba los dientes con tal fuerza que no se los habrían podido abrir ni con la hoja de un cuchillo.

—¿Dónde atacaron ustedes a Graphopoulos? ¿En el club nocturno, a la salida?

—¡No es cierto! —protestó Jean—. Se lo juro por la salud de mi padre.

—¡Bueno, bueno! ¡Deje tranquilo a su padre! Bastantes problemas tiene ya el pobre.

Esas palabras desencadenaron un temblor convulsivo. Jean, asustado, miró a su alrededor. Empezaba a entender su situación. Dentro de una hora o dos, sus padres estarían al corriente.

—¡No es posible! ¡No es verdad! ¡No quiero! —vociferó.

—Despacio, joven.

—¡No quiero! ¡No quiero! ¡No quiero!

Y se arrojó sobre un inspector, apostado entre él y la puerta. La lucha fue corta. El joven no sabía siquiera lo que quería. Estaba fuera de sí. Gritaba. Hipaba. Y acabó rodando por el suelo sin dejar de gemir, retorciéndose los brazos.

Los otros lo miraban, al tiempo que fumaban e intercambiaban miradas.

—¡Un vaso de agua, Dubois! ¿Quién tiene tabaco?

Y lanzaron el agua al rostro de Chabot, cuyo ataque de nervios dio paso a un acceso de llanto. Se agarraba la garganta con los dedos.

—¡No quiero! ¡No quiero!

El comisario se encogió de hombros y masculló:

—Estos jóvenes disolutos son todos iguales. ¡Y después tendremos que atender al padre y a la madre!

El ambiente sólo era comparable al de un hospital en el que unos médicos rodearan a un paciente que se debatía entre la vida y la muerte.

Cinco hombres acosaban a un joven, casi un chiquillo. Cinco hombres en la plenitud de sus fuerzas, que estaban hartos de ver casos parecidos y no querían dejarse emocionar.

—¡Levántate! —le ordenó el comisario con impaciencia.

Y Chabot obedeció, dócil, vencida toda resistencia. El ataque le había destrozado los nervios. Miraba con pánico cuanto lo rodeaba, como un animal que abandona la lucha.

—Le suplico...

—¡Mejor dinos de dónde procede el dinero!

—No sé. Se lo juro, yo...

—¡No jures tanto!

Llevaba el traje negro cubierto de polvo y, al enjugarse el rostro con las manos sucias, Chabot se trazó rayas grises en las mejillas.

—Mi padre está enfermo..., enfermo del corazón. Tuvo un ataque el año pasado y el médico nos recomendó que le evitáramos las emociones.

Hablaba con voz monótona. Estaba alelado.

—¡No haber hecho tonterías, chico! Y ahora sería mejor que hablaras. ¿Quién le golpeó? ¿Fuiste tú? ¿Fue Delfosse? ¡Ese también acabará mal! Es más, si hay que castigar a alguien con severidad, será seguramente a él.

Entró un nuevo policía; saludó alegremente a los demás y fue a sentarse a su mesa, donde hojeó un expediente.

—Yo no he matado a nadie. Ni siquiera sabía...

—De acuerdo, tú no has matado a nadie. —Desde que tuteaba al joven, el comisario se mostraba más paternal—. Pero al menos sabrás algo. El dinero no ha llegado por sí solo a tu bolsillo. Ayer no tenías nada y hoy tienes dinero. Eh, vosotros, dadle una silla.

Se veía claramente que Chabot temblaba. Ya no se sostenía en pie. Se dejó caer en la silla con asiento de anea y se agarró la cabeza con las dos manos.

—No te apresures a responder, chico; tómate tu tiempo. Piensa que, si nos lo cuentas todo, puedes salir bien librado de ésta. Por lo demás, todavía no has cumplido los diecisiete años. Te juzgará un tribunal de menores, y sólo te expones a ir a un reformatorio.

A Chabot acababa de ocurrírsele una idea, y lanzó una ojeada a su alrededor con ojos menos nublados. Miró fijamente a sus verdugos, uno tras otro. Ninguno de ellos se parecía al hombre de espaldas anchas.

¿Se habría equivocado con respecto al desconocido? ¿Era de verdad de la policía? ¿No se trataría del asesino? La víspera, el hombre se hallaba en el Gai-Moulin. ¡Se había quedado en el local después de que Delfosse y él se marcharan!

Además, tal vez los había seguido precisamente para intentar que los detuvieran en su lugar.

—¡Me parece que ya entiendo lo que ocurrió! —exclamó, jadeando de esperanza—. Sí, creo que sé quién es el asesino: un hombre muy alto, muy fuerte, con la cara afeitada.

El comisario se encogió de hombros. Pero Chabot no se dejó desconcertar.

—Entró en el Gai-Moulin casi inmediatamente después del turco. Iba solo. Hoy he vuelto a verlo, cuando me seguía. Incluso ha ido a pedir informaciones sobre mí a la verdulera.

—¿Qué está diciendo?

El inspector Perronet masculló:

—No lo sé exactamente. Pero, en efecto, ayer en el Gai-Moulin había un cliente al que nadie conocía.

—¿Cuándo salió?

El comisario miró con atención a Chabot, que recuperaba la esperanza, y después dejó de ocuparse de él. Ahora se dirigía a los agentes.

—En resumen, ¿cuál es el orden exacto de las salidas?

—Primero, los dos jóvenes. Bueno, se trató de

una falsa salida, ya que, según ha quedado demostrado, se escondieron en el sótano. Después, cuando estaban a punto de cerrar, salieron el bailarín y los músicos. Ese hombre se fue con Adèle, la chica que trabaja en el local.

—Entonces, quedaban el dueño, Graphopoulos y los dos camareros.

—Un momento: uno de los camareros, el que se llama Joseph, se había marchado al mismo tiempo que los músicos.

—Entonces quedaban el dueño, un camarero y el griego.

—Y los dos jóvenes en el sótano.

—¿Qué dice el dueño?

—Que su cliente salió, y que Victor y él apagaron las luces y cerraron las puertas.

—¿Alguien ha vuelto a ver al otro, a ese hombre del que habla Chabot?

—No. Pero también lo describieron como un hombre alto y de espaldas anchas. Un francés, según creen, pues no tenía el acento de aquí.

El comisario bostezó y, por la forma en que llenó su pipa, parecía impaciente.

—Telefoneen al Gai-Moulin y pregunten a Girard qué sucede.

Chabot esperaba con ansiedad. Era aún más terrible que antes, porque ahora entreveía un atisbo de esperanza. Pero temía equivocarse.

Era un miedo doloroso. Las manos, crispadas,

aferraban el borde de la mesa. Su mirada pasaba de uno a otro y, sobre todo, se dirigía al teléfono.

—¿Oiga? Con el Gai-Moulin, señorita.

El policía de las pipas preguntó a los demás:

—¿Todos de acuerdo? ¿Escribo a mi cuñado? A propósito, ¿qué preferís? ¿Pipas rectas o curvadas?

—¡Rectas! —respondió el comisario.

—Entonces, dos docenas de pipas rectas. Dígame, ¿me necesita para algo más? Tengo a mi hijo con sarampión y...

—Puedes marcharte.

Antes de salir, el policía lanzó una última ojeada a Jean Chabot y preguntó en voz baja a su jefe:

—¿Retendrá al chico?

Y Chabot, que lo había oído, intentaba captar la respuesta aguzando todos los sentidos.

—Aún no lo sé. En todo caso, hasta mañana. El juez decidirá.

Ya no había esperanzas. Los músculos de Jean se distendieron. Si lo ponían en libertad al día siguiente, sería demasiado tarde. Sus padres se enterarían. Es más: en este momento ya estarían esperando, inquietos.

Pero no podía llorar. Su cuerpo se relajó. Apenas oyó la conversación telefónica.

—¿Girard?... Entonces, ¿qué hace el chico ahí?...

¿Cómo? ¿Borracho como una cuba?... Sí, quédate en el local... ¡No! ¡Lo niega, claro!... Espera. Voy a preguntárselo al jefe. —Se dirigió al comisario—: Girard pregunta qué debe hacer. El joven está borracho como una cuba. Ha pedido *champagne* y está bebiendo con la bailarina, que no está mucho menos bebida que él. ¿Hay que detenerlo?

El comisario miró a Jean suspirando.

—Ya tenemos a uno. ¡No! Que lo dejen tranquilo. Tal vez cometa una imprudencia. Pero que Girard no lo pierda de vista. Basta con que nos llame dentro de un rato.

El comisario se había arrellanado en el único sillón de la estancia y, con los ojos cerrados, parecía dormir. Pero el hilo de humo que se elevaba de su pipa demostraba que no era así.

Un inspector pasaba a limpio la declaración de Jean Chabot. Otro caminaba por la habitación, esperando con impaciencia a que dieran las tres para ir a acostarse.

Hacía más fresco. Incluso el humo parecía frío. El joven no dormía. Sus pensamientos se embrollaban. Con los codos sobre la mesa, cerraba los ojos, los abría, volvía a cerrarlos. Y, cada vez que sus párpados se abrían, veía el mismo papel con membrete en el que estaba escrito en hermosa letra inglesa:

«Atestado contra el señor Joseph Dumourois, jornalero, domiciliado en Flémalle-Haute, por robo de conejos en perjuicio de...».

El resto lo ocultaba una carpeta.

Sonó el teléfono. El inspector que se paseaba fue a descolgar.

—¿Sí?... ¡Bien! ¡Entendido! Voy a decírselo. ¡Ese no va a aburrirse! —Tras colgar, se acercó al comisario—. Era Girard. Delfosse y la bailarina han tomado un taxi y se han dirigido al domicilio de Adèle, en la Rue de la Régence. Han entrado juntos. Girard se ha quedado abajo, de guardia.

Entre la bruma rojiza que invadía su cerebro, Jean recordó la habitación de Adèle, la cama que había visto deshecha, e imaginó que la bailarina se desnudaba y encendía el hornillo de alcohol.

—¿Sigues sin tener nada que decir? —le preguntó el comisario sin abandonar el sillón.

No respondió. No tenía fuerzas. Apenas comprendió que se dirigía a él.

El comisario suspiró y le dijo al inspector:

—Puedes marcharte. Pero déjame un poco de tabaco.

—¿Cree usted que conseguirá algo? —preguntó el otro, señalando con la mirada la silueta negra de Jean, doblado por la cintura y con el torso apoyado sobre la mesa.

El comisario volvió a encogerse de hombros.

En la memoria de Chabot había un gran agujero, un agujero negro en el que hormigueaban formas oscuras, con chispas rojas que lo atravesaban todo sin aclarar nada.

Alzó la cabeza al oír un timbre insistente. Vio tres grandes ventanas desdibujadas, luces amarillentas, al comisario, que se restregaba los ojos, cogía maquinalmente la pipa apagada de encima de la mesa y avanzaba, con las piernas entumecidas, hacia el teléfono.

—¿Diga?... ¡Sí! ¡Diga! ¡La Sûreté, sí!... No, hombre. Está aquí. ¿Cómo?... Que venga a verlo, si le apetece. —Y el comisario, con la boca pastosa, encendió la pipa y le dio unas bocanadas amargas antes de plantarse delante de Chabot—. Tu padre ha ido a denunciar tu desaparición en la comisaría de la Sexta División. Creo que va a venir.

Unos violentos rayos de sol surgieron por encima de un tejado cercano y lanzaron destellos en uno de los cristales, mientras llegaban unos mozos con cubos y cepillos para limpiar los locales.

Del mercado, que se encontraba a doscientos metros, frente al ayuntamiento, subía un rumor confuso. Circulaban los primeros tranvías, que no cesaban de tocar la campanilla como si tuvieran la misión de despertar a la ciudad.

Jean Chabot, confuso, se pasó lentamente la mano por los cabellos.

El careo

La respiración ronca cesó en el momento en que Delfosse abrió los ojos; al instante se incorporó y lanzó a su alrededor una mirada atemorizada.

Las cortinas no estaban echadas y la bombilla seguía encendida, con lo que su resplandor amarillento se confundía con la luz del día. De la calle le llegó el rumor de la ciudad en plena actividad.

Más cerca, oyó una respiración regular. Era Adèle, semivestida, tumbada boca abajo y con la cabeza sobre la almohada. Su cuerpo desprendía un calor húmedo. Todavía llevaba puesto uno de los zapatos, y el alto tacón se hundía en el edredón de seda dorada.

René Delfosse se sentía enfermo. La corbata lo ahogaba. Se levantó para buscar agua; encontró en una garrafa, pero no vio ningún vaso. Bebió, con voracidad, agua tibia directamente de la garrafa y se miró en el espejo del tocador.

Su cerebro tardaba en reaccionar. Los recuerdos le venían poco a poco, y subsistían lagunas. Por ejemplo, no recordaba cómo había llegado a esa habitación. Consultó su reloj; estaba parado, pero la actividad del exterior indicaba que eran por lo menos las nueve de la mañana. Al otro lado de la calle vio un banco abierto.

—¡Adèle! —llamó, porque se sentía solo.

Ella se movió, se puso de costado, con las piernas encogidas, pero no se despertó.

—Adèle, tengo que hablar contigo.

La contemplaba sin deseo. En ese momento, la blanca carne de la mujer tal vez le diera incluso un poco de asco.

Ella abrió un ojo, alzó los hombros y volvió a dormirse. A medida que Delfosse recuperaba la conciencia, se ponía más nervioso. Su mirada, en constante movimiento, no se detenía en ninguna parte. Se acercó a la ventana y reconoció en la acera de enfrente al inspector de policía, que iba y venía sin quitar los ojos del portal.

—¡Adèle, despierta, por el amor de Dios!

¡Tenía miedo! ¡Un miedo cerval! Recogió la chaqueta, que estaba en el suelo, y, cuando se la puso, palpó maquinalmente los bolsillos. No había ni un céntimo.

Volvió a beber y el agua, en su estómago revuelto, le resultó demasiado pesada y desabrida. Por un instante pensó en vomitar, creyendo que eso lo aliviaría, pero no lo logró.

La bailarina, con el cabello despeinado y el rostro brillante, siguió durmiendo. Tenía un sueño tenaz, en el que parecía sumirse con terquedad.

Delfosse se calzó y descubrió sobre la mesa el bolso de su compañera. Entonces se le ocurrió una idea. Fue a asegurarse de que el policía seguía fuera. Después esperó a que la respiración de Adèle se hiciese más regular.

Abrió el bolso sin hacer ruido. Revueltos junto al lápiz de labios, la polvera y cartas viejas, encontró unos novecientos francos y se los metió en el bolsillo.

Ella no se había movido. Delfosse caminó de puntillas hasta la puerta. Bajó la escalera y, en lugar de salir a la calle, se dirigió al patio. Una tienda de comestibles lo usaba como almacén, y estaba atestado de cajas y toneles. Una puerta cochera del almacén daba a otra calle, donde esperaban camiones.

Delfosse tuvo que contenerse para no salir corriendo. Y media hora después llegó, sudoroso, a la Gare des Guillemins.

El inspector Girard estrechó la mano del colega que se acercaba a él.

—¿Qué hay?

—El comisario dice que le lleves al joven y a la bailarina. Aquí tienes los mandamientos judiciales.

—¿Ha confesado el otro?

—¡Lo niega todo! Mejor dicho, cuenta no sé qué historia de un dinero que robó su amigo en una chocolatería. Su padre está allí. No es precisamente una escena alegre.

—¿Subes conmigo?

—El jefe no me lo ha dicho, pero ¿por qué no?

Entraron en el edificio y llamaron a la puerta de la habitación. Nadie respondió. El inspector Girard giró el pomo de la puerta, y ésta se abrió. De repente, como si hubiera presentido el peligro, Adèle se despertó, se irguió sobre los codos y preguntó con voz pastosa:

—¿Quién es?

—¡Policía! Tengo un mandamiento judicial contra ustedes dos. ¡Diablos! ¿Dónde se ha medito el chico?

También ella lo buscó con la mirada, al tiempo que sacaba las piernas de la cama. Un sexto sentido le hizo fijarse en el bolso abierto y se precipitó hacia él; lo registró y, muy agitada, chilló:

—¡El muy golfo se ha largado con mi dinero!

—¿No sabía usted que se había marchado?

—Estaba dormida. Pero ¡me las pagará! ¡Esos hijos de papá son unos granujas!

Girard reparó en una pitillera de oro que estaba sobre la mesilla de noche.

—¿De quién es?

—Se la habrá olvidado él. La tenía en sus manos ayer por la noche.

—¡Vístase!

—¿Estoy detenida?

—Traigo un mandamiento judicial para hacer comparecer a una tal Adèle Bosquet, que ejerce la profesión de bailarina. Supongo que será usted, ¿no?

—Está bien, de acuerdo. —No se azoraba. Su principal preocupación no parecía ser esa detención, sino el robo del que acababa de ser víctima. Mientras se atusaba el cabello, repitió dos o tres veces—: ¡El muy golfo! ¡Y yo que dormía tan tranquila!

Los dos policías lanzaban a la habitación ojeadas de expertos.

—¿Creen que se alargará mucho? —preguntó Adèle—. En ese caso, me llevaría una muda de recambio.

—No sabemos nada. Hemos recibido una orden —contestó uno de los policías.

Ella se encogió de hombros y suspiró:

—En fin, no tengo nada que ocultar. —Y, dirigiéndose hacia la puerta, añadió—: Ya estoy lista. Tendrán un coche, ¿no?... Entonces prefiero caminar sola. Si quieren, pueden seguirme.

Con un chasquido de rabia, cerró el bolso y se lo llevó consigo, mientras el inspector se metía la pitillera en el bolsillo.

Al llegar a la calle, se dirigió a la comisaría de policía; una vez allí, entró sin vacilar y avanzó por el ancho pasillo.

—Por aquí —le dijo Girard—. ¡Un momento! Voy a preguntarle al jefe si...

Demasiado tarde. Ella ya había entrado y, al primer vistazo, se dio cuenta de la situación. Seguramente estaban esperándola, pues no ocurría nada. El comisario del bigote pelirrojo recorría la gran sala de un extremo a otro. Chabot, con los codos sobre un escritorio, intentaba comer un bocadillo que le habían traído. En cuanto a su padre, estaba de pie, en un rincón, con la cabeza gacha.

—¿Y el otro? —exclamó el comisario cuando vio entrar a Adèle acompañada de Girard.

—Ha desaparecido. Debió de largarse por una puerta trasera. Según la señorita, le ha robado el dinero que tenía en el bolso.

Chabot no se atrevía a mirar a nadie. Había dejado sobre la mesa el bocadillo apenas mordisqueado.

—¡Menudos golfos, comisario! ¡Ah! ¡En mi vida volveré a tener consideración con unos niños como ellos!

—¡Calma, calma! Y limítese a responder a mis preguntas.

—¡Se ha llevado todos mis ahorros!

—Hágame el favor de guardar silencio.

Girard habló en voz baja con el comisario y le entregó la pitillera de oro.

—En primer lugar, dígame cómo llegó a su habitación este objeto. Supongo que lo reconocerá. Usted pasó con Graphopoulos su última velada, y él sacó varias veces esta pitillera, algunas personas lo vieron. ¿Se la dio él?

Adèle miró a Chabot y después al comisario y aseguró:

—¡No!

—Entonces, ¿cómo es que estaba en su casa?

—Se la dejó Delfosse.

Chabot alzó al instante la cabeza, se levantó de su asiento y empezó a decir:

—No es verdad. Ella...

—¡Chabot, siéntese! Señorita, dice usted que René Delfosse tenía en su poder esta pitillera. ¿Se da usted cuenta de la gravedad de esta acusación?

Ella se carcajeó.

—¡Ya lo creo! Y también me ha robado el dinero del bolso.

—¿Hace mucho que lo conoce?

—Unos tres meses, desde que viene casi todos los días al Gai-Moulin con este pillo... ¡Sin un céntimo, por cierto! Más me habría valido desconfiar, pero ya sabe usted cómo son las cosas. Son jóvenes. Me relajaba charlar con ellos, los trataba como a amigos, ¡vamos! Y cuando me invitaban a una copa, procuraba, además, no tomar algo demasiado caro —dijo, lanzando una mirada furibunda.

—¿Ha sido usted amante de los dos?

Ella se echó a reír.

—Qué va. Seguramente eso querían, pero se andaban por las ramas sin atreverse a hablar claro. Venían a mi casa con cualquier excusa, por separado, para ver cómo me desnudaba.

—La noche del crimen bebió usted *champagne* con Graphopoulos. ¿Quedaron en que usted se reuniría con él después de que cerraran el Gai-Moulin?

—¿Por quién me toma? Yo sólo soy bailarina.

—Tanguista, entretenedora, para ser más exactos. Ya se sabe qué quiere decir eso. ¿Se fue usted con él?

—¡No!

—¿Le hizo Graphopoulos proposiciones?

—Sí y no. Me habló de que fuera con él a su hotel, ni siquiera recuerdo cuál era. No presté atención.

—Sin embargo, usted no salió sola del local.

—Es cierto. Cuando llegué al umbral, otro cliente, al que yo no conocía y que debía de ser francés, me preguntó cómo ir a la Place Saint-Lambert. Le dije que yo iba en esa dirección. Me acompañó un trecho del camino y después, de repente, dijo: «¡Vaya, me he dejado el tabaco en el bar del Gai-Moulin!». Y dio media vuelta.

—¿Un hombre muy corpulento?

—Sí.

—¿Se fue usted directamente a su casa?

—Como todas las noches.

—¿Y se enteró del asesinato al día siguiente, por los periódicos?

—Este joven vino a mi casa. El me lo dijo.

Chabot había querido intervenir en dos o tres ocasiones, pero el comisario lo había calmado cada vez con una mirada. En cuanto al padre, seguía de pie, inmóvil.

—¿No sabe usted nada con respecto al asesinato?

Ella no respondió.

—¡Hable! Chabot acaba de confesar que esa noche se ocultó, en compañía de su amigo, en la escalera del sótano del Gai-Moulin.

Ella se rió, socarrona.

—Asegura que sólo querían robar el dinero de la caja. Cuando entraron en la sala, aproximadamente un cuarto de hora después de que cerraran, parece que vieron el cadáver de Graphopoulos.

—¡No me diga!

—Según usted, ¿quién podría haber cometido el asesinato? ¡Espere! Nos encontramos ante un número limitado de posibles culpables. En primer lugar, Genaro, el dueño del club. Este afirma que se marchó inmediatamente después de usted, en compañía de Victor, y que Graphopoulos ya había salido.

Ella se encogió de hombros, mientras Chabot la miraba con expresión a un tiempo severa y suplicante.

—¿No cree usted que Genaro o Victor son culpables?

—¡Qué tontería! —soltó ella con indiferencia.

—Queda el cliente desconocido al que, según dice usted, acompañó por unos instantes. Pudo regresar al local, solo o con usted.

—¿Y cómo entró?

—Lleva usted mucho tiempo trabajando allí. Bien pudo haberse procurado una copia de la llave.

Ella volvió a encogerse de hombros.

—Pero recuerde que Delfosse tenía la pitillera —replicó ella—. ¡Y él se había escondido en el local esa noche!

—¡Es falso! Al día siguiente, al mediodía, la pitillera estaba en casa de Adèle —gritó Chabot—. ¡Yo la vi! ¡Lo juro!

Ella repitió:

—Fue Delfosse.

Por un instante reinó la confusión, que interrumpió la llegada de un agente; éste habló en voz baja con el comisario.

—¡Hágalo entrar!

Apareció un corpulento burgués de unos cincuenta años, de vientre voluminoso cruzado por una gruesa cadena de reloj. Sentía la necesidad de adoptar una actitud digna, por no decir solemne.

—Me han pedido que acudiera —empezó a decir, mientras miraba todo con asombro.

—¿Es usted Monsieur Lasnier? —intervino el comisario—. Tenga la amabilidad de sentarse. Espero que disculpe las molestias, pero quisiera saber si, durante el día de ayer, advirtió usted que faltaba dinero en su caja registradora.

El chocolatero de la Rue Léopold puso ojos como platos y repitió:

—¿En mi caja registradora?

Monsieur Chabot lo miraba con angustia, como si de su respuesta dependiera su opinión sobre el caso.

—Supongo que si alguien robara, por ejemplo, dos mil francos de ella, usted lo notaría, ¿no?

—¿Dos mil francos? La verdad, no acabo de comprender... —replicó el chocolatero.

—¡No importa! ¡Responda a mi pregunta! ¿Advirtió que faltara dinero en la caja?

—¡En absoluto!

—¿Es cierto que ayer recibió la visita de su sobrino?

—Espere. Sí, creo que pasó por la tienda; viene de vez en cuando, no tanto para verme como para aprovisionarse de chocolate.

—¿No ha notado usted nunca que su sobrino le robara dinero de la caja?

—¡Señor comisario! —El chocolatero se sentía indignado. Parecía poner por testigos a los demás de la injuria hecha a su familia—. Mi cuñado es lo bastante rico como para darle a su hijo cuanto necesite.

—Discúlpeme, Monsieur Lasnier. Muchas gracias por su colaboración.

—¿Eso es todo lo que quería usted de mí? —preguntó el chocolatero.

—Eso es todo lo que quería preguntarle, ¡sí!

—Pero ¿qué le hace pensar...?

—No puedo decirle nada de momento. Girard, acompañe a Monsieur Lasnier.

Y el comisario volvió a pasearse, mientras Adèle preguntaba con descaro:

—¿Me necesitan todavía aquí?

El comisario le lanzó una mirada lo bastante elocuente como para hacerla callar. Y, durante más de diez minutos, se hizo el silencio. Debían de esperar a alguien o algo. Monsieur Chabot no se atrevía a fumar. Tampoco se atrevía a mirar a su hijo. Se sentía tan cohibido como un paciente pobre en la sala de espera de un médico importante.

Jean, por su parte, seguía al comisario con los ojos, y cada vez que éste pasaba junto a él, sentía la tentación de hablarle.

Por fin, se oyeron pasos en el pasillo. Llamaron a la puerta.

—¡Adelante!

Entraron dos hombres: Genaro, bajo y robusto, vestido con un traje claro, y Victor, al que Chabot nunca había visto con ropa de calle y que ahora, con un traje totalmente negro, parecía un eclesiástico.

—He recibido su citación hace una hora y... —empezó a decir el italiano con locuacidad.

—¡Ya sé, ya sé! Dígame, mejor, si vio usted anoche la pitillera de Graphopoulos en manos de René Delfosse.

Genaro hizo una reverencia para excusarse.

—Personalmente, no me ocupo demasiado de los clientes, pero Victor podrá decirle...

—¡Perfecto! Entonces, responda usted.

Jean Chabot, con la respiración acelerada, miraba al camarero a los ojos. Pero Victor bajó los párpados con expresión zalamera y murmuró:

—No quisiera perjudicar a estos jóvenes, que siempre han sido muy amables conmigo. Pero supongo que debo decir la verdad, ¿no?

—Responda, ¡sí o no!

—Pues sí. La tenía. E incluso estuve a punto de aconsejarle que fuera prudente.

—¡Vaya! —se indignó Jean—. ¡Esto es el colmo! ¿No le da vergüenza, Victor? Escuche, señor comisario...

—¡Silencio! Dígame ahora lo que piensa de la situación económica de estos jóvenes.

Y Victor suspiró, turbado, como lamentando tener que decirlo:

—La verdad es que me debían siempre dinero. ¡Y no sólo por las consumiciones! A veces me pedían prestadas pequeñas cantidades.

—¿Qué impresión le causó Graphopoulos?

—Un extranjero rico que estaba de paso. Son los mejores clientes. En seguida pidió *champagne*, sin preguntar el precio. Me dio cincuenta francos de propina.

—Y vio usted varios billetes de mil francos en su billetero.

—Sí. Estaba repleto, sobre todo de billetes franceses. Ningún billete belga.

—¿Eso fue todo lo que advirtió?

—Llevaba una perla muy bonita en la corbata.

—¿Cuándo se marchó el hombre?

—Poco después de Adèle, a la que acompañaba otro cliente. Uno grueso, que sólo bebió cerveza y que me dio un franco de propina. ¡Un francés! Fumaba tabaco negro.

—¿Se quedó usted solo con el dueño?

—El tiempo justo de apagar las luces y cerrar el local.

—¿Se dirigió directamente a su casa?

—¡Como siempre! Me separé de Monsieur Genaro en la parte baja de la Rue Haute-Sauvenière, donde él vive.

—¿No notó por la mañana, al regresar al local, cierto desorden en la sala?

—No. No había sangre en ninguna parte. Las mujeres de la limpieza estaban allí y yo las vigilaba.

Genaro escuchaba distraído, como si nada de aquello le incumbiera. El comisario lo interpeló.

—¿Es cierto que suele usted dejar la recaudación de la noche en la caja registradora?

—¿Quién le ha dicho eso?

—No importa. Responda a la pregunta.

—¡En absoluto! Me llevo el dinero conmigo, salvo las monedas.

—¿Es decir...?

—Unos cincuenta francos, que dejo siempre en el cajón.

—¡No es verdad! —vociferó Jean Chabot—. Diez, veinte veces lo he visto marcharse dejando...

—¿Cómo? —Genaro lo interrumpió—. Así que este joven es el que afirma que... —Tenía una expresión de asombro sincero. Se volvió hacia la joven—. Adèle se lo dirá.

—¡Así es!

—Lo que no comprendo, por ejemplo, es cómo esos jóvenes pueden afirmar que vieron el cadáver dentro del local. Graphopoulos salió delante de mí, y no pudo volver a entrar. El crimen se cometió fuera, aunque no sé dónde. Lamento tener que mostrarme tan categórico. Estos dos chicos también son clientes, e incluso sentía cierta simpatía por ellos; la mejor prueba de ello es que les fiaba. Pero la verdad es la verdad, y el caso es lo bastante grave como para...

—Muy bien, gracias por todo.

Hubo un momento de vacilación. Genaro preguntó por fin:

—¿Puedo marcharme?

—Usted y su camarero, sí. Si les necesito otra vez, ya se lo comunicaré.

—Supongo que no pondrá objeciones a que el local permanezca abierto, ¿no?

—Ninguna.

Y Adèle preguntó:

—¿Y yo?

—Vuelva a su casa.

—¿Estoy libre?

El comisario no respondió. Estaba preocupado. Acariciaba con obstinación la cazoleta de su pipa. En cuanto esos tres personajes se marcharon, se notó un gran vacío en la estancia.

Ya sólo quedaban el comisario, Jean Chabot y su padre. Y los tres guardaban silencio.

Monsieur Chabot habló el primero. Dudó largo rato. Por fin, tosió y comenzó:

—Discúlpeme, pero ¿cree usted de verdad...?

—¿El qué? —replicó el otro, gruñón.

—No sé. Me parece... —Y esbozó un gesto para

88

completar su pensamiento impreciso. Un gesto vago que significaba: «Tengo la sensación de que en todo esto hay algo poco claro, ambiguo, algo equívoco».

Jean se levantó de su asiento. Había recuperado cierta energía. Se atrevió a mirar a su padre.

—Todos mienten, se lo juro —pronunció con claridad—. ¿Me cree usted, señor comisario?

No hubo respuesta.

—¿Me crees tú, padre?

Monsieur Chabot desvió la mirada. Después balbució:

—No sé. —Y, por último, ateniéndose a su sentido común, añadió—: Habría que encontrar a ese francés del que hablan.

El comisario debía de estar indeciso y furioso, pues iba y venía a grandes zancadas.

—En todo caso, Delfosse ha desaparecido —masculló para sí mismo más que para sus interlocutores. Siguió caminando y prosiguió al cabo de un rato—: ¡Y dos testigos afirman que el chico tenía en su poder la pitillera! —Sin dejar de pasearse, siguió con su razonamiento—: ¡Y ustedes dos estaban en el sótano! Y ayer por la noche usted intentó arrojar al retrete billetes de cien francos. Y... —Se detuvo, los miró, uno tras otro—. ¡Y el chocolatero asegura que no le han robado dinero!

Salió y los dejó a solas. Pero ellos no lo aprovecharon para hablar. Cuando el comisario regresó, padre e hijo seguían en su lugar, a cinco metros el uno del otro, cada cual encerrado en un terco silencio.

—¡Mala suerte! Acabo de telefonear al juez de instrucción y, de ahora en adelante, le corresponde a él dirigir la investigación. No quiere ni oír hablar de libertad provisional. Si tiene usted que pedir un favor, diríjase al juez De Conninck.

—¿François? —preguntó Monsieur Chabot.

—Sí, creo que ése es su nombre de pila.

Y el padre de Jean murmuró, avergonzado:

—Fuimos al colegio juntos.

—Vaya a verlo, si cree que puede servir de algo. Pero lo dudo, lo conozco bien. Entretanto, me ha ordenado que mande trasladar a su hijo a la prisión de Saint-Léonard.

Esas palabras resonaron en los oídos del comisario como algo siniestro. Hasta entonces no había nada definitivo.

¡La prisión de Saint-Léonard! El horrible caserón negro que afeaba todo un barrio, frente al Pont Maguin, con sus torrecillas medievales, sus asesinos, sus barrotes de hierro...

Jean, muy pálido, callaba.

—¡Girard! —llamó el comisario, al tiempo que abría una puerta—. Tome a dos agentes y el coche.

Esas indicaciones bastaban. Esperaron.

—No pierde usted nada yendo a ver a Monsieur De Conninck —dijo suspirando el comisario, por decir algo—. Como ustedes fueron juntos a la escuela, tal vez...

Pero su fisonomía expresaba claramente su pensamiento: apreciaba la diferencia entre el magistrado, hijo de magistrados, emparentado con las más altas personalidades de la ciudad, y el contable, cuyo hijo acababa de confesar su intención de cometer un robo en un club nocturno.

—Listo, jefe —dijo el inspector Girard, que acababa de regresar—. Hay que...

Llevaba un objeto brillante en las manos. El comisario se encogió de hombros en señal afirmativa.

Fue un gesto rutinario, y tan rápido que el padre no lo advirtió hasta que estuvo hecho. Girard había sujetado las dos manos de Jean. Un chasquido de acero.

—Por aquí.

¡Las esposas! ¡Y dos agentes de uniforme esperaban fuera, junto a un coche!

Jean dio varios pasos. Todo parecía indicar que se marcharía sin decir nada. Sin embargo, en la puerta, se giró. Su voz resultó apenas reconocible.

—Te juro, padre, que...

—A propósito de las pipas, esta mañana he pensado que si pidiéramos tres docenas... —soltó inspector de las pipas, que había entrado sin darse

91

cuenta de la situación y que de repente reparó en la espalda del joven, en las muñecas, en el reflejo de las esposas, y se interrumpió—: Entonces, ¿ya está? —Y gesticuló como diciendo: «¿A chirona?».

El comisario señaló a Monsieur Chabot, que se había sentado; se sujetaba la cabeza con las dos manos y sollozaba como una mujer.

El otro continuó en voz baja:

—Seguro que nos resultará fácil colocar la otra docena en las divisiones. ¡A ese precio!

Un ruido de portezuela. El chirrido del motor de arranque.

El comisario, incómodo, decía a Monsieur Chabot:

—Mire, no hay nada definitivo —mintió—. Sobre todo si es usted amigo de Monsieur De Conninck.

Y Monsieur Chabot, al marcharse, esbozó una pálida sonrisa de agradecimiento.

El fugitivo

Por la tarde aparecieron los periódicos locales, y todos exhibían titulares sensacionalistas en primera página. La *Gazette de Liège,* el periódico conservador, decía:

«EL CASO DEL CESTO DE MIMBRE.
LOS AUTORES DEL ASESINATO FUERON
DOS JOVENES DISOLUTOS».

La Wallonie Socialiste, por su parte, escribía:

«EL CRIMEN DE DOS JOVENES BURGUESES».

Se informaba sobre la detención de Jean Chabot y la huida de Delfosse. Aparecía fotografiada la casa de la Rue de la Loi. Y se leía lo siguiente:

«(...) Inmediatamente después de la patética entrevista que sostuvo con su hijo en los locales de la Sûreté, Monsieur Chabot se ha encerrado en su casa, negándose a hacer declaraciones. Madame Chabot, muy impresionada, ha debido guardar cama.

»Hemos podido hablar con Monsieur Delfosse cuando regresaba de Huy, donde posee fábricas. Es un hombre enérgico, de unos cincuenta años de edad, cuya clara mirada no se nubla ni un solo instante. Ha recibido el golpe con sangre fría. No cree en la culpabilidad de su hijo y nos ha comunicado su intención de ocuparse personalmente de este caso.

»En la prisión de Saint-Léonard, nos comentan que Jean Chabot está muy tranquilo. Espera la visita de su abogado antes de comparecer ante el juez De Conninck, encargado de la instrucción del caso (...)».

La Rue de la Loi estaba tranquila, como de costumbre. Los niños entraban en el patio de la escuela, donde jugaban en espera de que empezaran las clases.

Entre los adoquines había matas de hierba, y una mujer, frente al número 48, fregaba su puerta con un cepillo de cerdas.

Se oían los golpes espaciados de un herrero que trabajaba metales en su yunque.

Pero se abrían puertas con mayor frecuencia que de costumbre. Alguien asomaba la cabeza de vez en cuando y echaba un vistazo en dirección al número 53. Se intercambiaban algunas palabras de puerta a puerta.

«¿Cómo pudo haber hecho eso? Si es todavía

un chiquillo. Cuando pienso que, no hace mucho, jugaba en la acera con los míos...»

«Ya se lo decía yo a mi marido, cuando lo vi volver a casa borracho dos veces. ¡Y a su edad!»

A casi cada cuarto de hora sonaba el timbre en el pasillo de los Chabot. La estudiante polaca abría la puerta.

—Monsieur y Madame Chabot no están —decía con su marcado acento.

—Soy de la *Gazette de Liège.* ¿Podría usted decirles que...?

Y el periodista se dislocaba el cuello para intentar ver algo en el interior. Distinguía apenas la cocina, la espalda de un hombre sentado.

—No vale la pena. No están.

—Pero...

Ella cerraba la puerta. El periodista tenía que contentarse con preguntar a los vecinos.

Un periódico publicaba un subtítulo que apuntaba en una dirección distinta a la de los demás:

«¿DONDE ESTA EL HOMBRE
DE ESPALDAS ANCHAS?».

Y el texto decía así:

«Hasta el momento, todo el mundo parece creer en la culpabilidad de Delfosse y Chabot. Sin pretender salir en su defensa, y ateniéndonos a la objetividad de los hechos, no podemos sino asombrarnos de la desaparición de un importante testigo: el cliente de espaldas anchas que se encontraba en el Gai-Moulin la noche del asesinato.

»Según el camarero del local, al parecer se trataba de un francés al que se vio por primera y última vez esa noche. ¿Habrá abandonado ya la ciudad? ¿Acaso quiere evitar ser interrogado por la policía?

»Esa pista podría no ser desdeñable y, en caso de que los dos jóvenes resultaran inocentes, seguramente se haría la luz por ese lado.

»Por lo demás, creemos saber que el comisario Delvigne, que prosigue la investigación en estrecha colaboración con el juez de instrucción, ha dado las órdenes oportunas a la brigada encargada de revisar las fichas de clientes de hoteles y a la brigada de calles para que localicen al misterioso cliente del Gai-Moulin».

El periódico apareció poco antes de las dos. A las tres, un hombre corpulento, de mejillas coloradas, se presentó a la policía, preguntó por el comisario Delvigne y declaró:

—Soy el director del Hôtel Moderne, en la Rue du Pont-d'Avroy. Acabo de leer los periódicos y creo que puedo darle información sobre el hombre que usted busca.

—¿El francés?

—Sí. Y también sobre la víctima. En general, no hago demasiado caso de los chismes de los periódicos, y por esa razón he tardado tanto en darme cuenta de lo que le diré a continuación. Veamos. ¿Qué día es hoy? Viernes, ¿no? Entonces era el miércoles. Sí, el miércoles se cometió el crimen, ¿verdad? Yo no estaba; había ido a Bruselas por asuntos de negocios. Ese día en el hotel se presentó un cliente con marcado acento extranjero y que sólo llevaba como equipaje un maletín de piel de cerdo. Pidió una habitación grande que diera a la calle y subió de inmediato. Minutos después, otro cliente tomó la habitación contigua.

»Habitualmente hacemos rellenar la ficha a la llegada. No sé por qué, esta vez no se hizo así. Yo regresé a medianoche. Eché un vistazo al tablero de las llaves y pregunté a la recepcionista: "¿Tiene usted las fichas?". Ella me respondió: "Todas, salvo las de los dos viajeros, que han salido del hotel nada más llegar".

»El jueves por la mañana, sólo había regresado uno de los dos clientes. No me preocupé por el otro y me dije que debía de haber tenido algún encuentro amoroso. Ayer no tuve ocasión de ver a ese hombre, y esta mañana me han dicho que había pagado la cuenta y se había marchado. Cuando la recepcionista le pidió que rellenara su ficha, él se encogió de hombros murmurando que ya no valía la pena.

—Perdone —intervino el comisario—, ¿es ése cuyas señas se corresponden con las del hombre de las espaldas anchas?

—Sí. Se marchó con su bolsa de viaje, hacia las nueve.

—¿Y el otro?

—Como no había vuelto, por curiosidad entré en su habitación con la llave maestra que estamos obligados a tener para casos de emergencia. En el maletín de piel de cerdo leí un nombre grabado: «Ephraim Graphopoulos». De este modo me enteré de que el individuo que hallaron en el cesto de mimbre había sido huésped de mi hotel.

—Si no he entendido mal, llegaron el miércoles por la tarde, horas antes del crimen, uno tras otro. En una palabra: ¡como si se hubieran apeado del mismo tren!

—Exacto. Del rápido de París.

—Y por la noche salieron uno tras otro.

—¡Sin haber rellenado su ficha!

—Sólo volvió el francés, y esta mañana ha dejado el hotel.

—Eso es. Si fuera posible, preferiría no ver publicado el nombre del hotel, pues hay clientes a los que impresionan esas cosas.

Sin embargo, a la misma hora, uno de los empleados del Hôtel Moderne contaba exactamente lo mismo a un periodista y, a las cinco de la tarde, en las últimas ediciones de todos los periódicos, se leía:

«LA INVESTIGACION COBRA UN NUEVO CARIZ. ¿ES EL ASESINO EL HOMBRE DE ESPALDAS ANCHAS?».

Era un hermoso día soleado. En las callejuelas de la ciudad bullía la vida. Por todas partes, los agentes intentaban identificar entre los transeúntes al francés buscado. En la estación de tren, un inspector, situado detrás de cada empleado encargado de los billetes, examinaba a los viajeros de pies a cabeza.

En la Rue du Pot-d'Or un camión descargaba frente al Gai-Moulin cajas de *champagne* que los mozos iban bajando al sótano tras cruzar la sala, sumida en una fresca semioscuridad. Genaro vigilaba en mangas de camisa y con el cigarrillo en los labios. Y se encogía de hombros cuando veía que los transeúntes se detenían y murmuraban con un ligero escalofrío: «¡Es aquí!».

Intentaban escrutar el interior, en penumbra, donde apenas se distinguía otra cosa que las banquetas de terciopelo granate y las mesas de mármol.

A las nueve se encendieron las luces y los músicos afinaron sus instrumentos. A las nueve y cuarto, había seis periodistas instalados en el bar conversando apasionadamente.

A las nueve y media, los clientes ocupaban más de la mitad de la sala, cosa que no ocurría ni una sola vez al año. No sólo habían acudido todos los jóvenes que frecuentaban los clubes nocturnos y las salas de baile, sino también personas serias que jamás habían pisado un local de mala nota. Querían ver. Nadie bailaba. Miraban sucesivamente al dueño, a Victor y al bailarín profesional. Algunos se dirigían a los lavabos para contemplar la famosa escalera del sótano.

—¡Aprisa! ¡Aprisa! —apremiaba Genaro a los dos camareros, que estaban desbordados. Hacía señas a la orquesta, y preguntó en voz baja a una mujer—: ¿Has visto a Adèle? ¡Ya debería estar aquí!

Porque Adèle era la gran atracción. Los curiosos querían, sobre todo, verla a ella de cerca.

—¡Atención! —susurró un periodista al oído de un colega—. Ahí están.

Y señaló a dos hombres que ocupaban una mesa cerca de la cortina de terciopelo. El comisario Delvigne bebía cerveza, y la espuma se le quedaba pegada al bigote pelirrojo. Junto a él, el inspector Girard miraba de hito en hito a los demás clientes.

A las diez, reinaba una atmósfera excepcional. Ya no era el Gai-Moulin, con sus escasos clientes regulares y los viajeros en busca de compañía nocturna.

Debido especialmente a la presencia de periodistas, recordaba a la vez a un gran proceso en la sala de lo criminal y a una velada de gala.

Además de los clientes que llevaban allí una hora, y de los reporteros y cronistas, había acudido el director de un periódico en persona y todos cuantos suelen citarse en los grandes cafés, los vividores, como se dice aún en provincias, y las mujeres bonitas.

En la calle había estacionados unos veinte coches. En el interior, se saludaban de una mesa a otra. Se levantaban para prodigar apretones de manos.

—¿Ocurrirá algo?

—¡Chist, baja la voz! Ese pelirrojo de ahí es el comisario Delvigne. Si se ha molestado en venir, será que...

—¿Quién es Adèle? ¿La rubia alta?

—¡Aún no ha llegado!

Llegaba en ese momento. Hizo una entrada sensacional. Llevaba un amplio abrigo de raso negro ribeteado de seda blanca. Avanzó unos pasos, se detuvo, miró a su alrededor y después, indolente, se dirigió hacia la orquesta y dio la mano al dueño del local.

Un resplandor de magnesio: un fotógrafo acababa de hacer una foto para su periódico, y la joven se encogió de hombros, como si esa popularidad le fuera indiferente.

—¡Cinco oportos, cinco!

Victor y Joseph no daban abasto. Se deslizaban entre las mesas.

Parecía una fiesta, pero una fiesta en la que cada cual hubiera acudido para mirar a los demás. Los bailarines profesionales gravitaban solos en la pista.

—¡No es tan extraordinario! —decía una mujer a quien su marido llevaba por primera vez a un club nocturno—. No veo qué tienen de reprensible estos locales.

Genaro se acercó a los policías.

—Discúlpenme, señores. Quisiera preguntarles si podemos hacer los números habituales. Ahora Adèle debería bailar.

El comisario se encogió de hombros y desvió la mirada.

—Lo decía para no contrariarlos a ustedes.

La joven estaba en la barra, rodeada de periodistas que le hacían preguntas.

—En una palabra, Delfosse robó el contenido de su bolso. ¿Hacía mucho que era su amante?

—¡Si ni siquiera era mi amante!

Se sentía acosada. Tenía que esforzarse para soportar el fuego de todas las miradas.

—Usted bebió *champagne* con Graphopoulos. En su opinión, ¿qué clase de hombre era?

—Un tipo agradable. Pero ahora déjenme, por favor.

Fue al guardarropa a quitarse el abrigo, y poco después se acercó a Genaro.

—¿Bailo?

El dueño parecía indeciso. Miraba a toda esa muchedumbre con cierta inquietud, como si temiera verse engullido por ella.

—Me gustaría saber qué están esperando.

Ella encendió un cigarrillo y apoyó los codos en la barra, con la mirada perdida, sin responder a las preguntas que seguían dirigiéndole los periodistas.

Una obesa mujer decía en voz alta:

—¡Es ridículo pagar diez francos por una gaseosa! ¡Aquí no hay nada que ver!

Sin embargo, sí hubo algo que ver, pero sólo para los que conocían a los protagonistas del drama. En determinado momento, un empleado del local, con uniforme rojo, apartó la cortina y apareció un hombre de unos cincuenta años y bigote plateado, quien se sorprendió al ver a tanta gente.

Estuvo a punto de retroceder. Pero su mirada se encontró con la de un periodista que lo había reconocido y daba un codazo a su vecino. Entonces entró con aire desenvuelto y sacudiendo la ceniza de su cigarrillo.

Causaba buena impresión. Iba vestido con notable elegancia. Se notaba que era un hombre acostumbrado a las comodidades y también a la vida nocturna.

Se dirigió directamente al bar y vio a Genaro.

—¿Es usted el dueño del club?

—Sí, señor.

—Soy Monsieur Delfosse. Parece ser que mi hijo le debía dinero, ¿no es así?

—¡Victor!

Victor acudió.

—Es el padre de René Delfosse; pregunta cuánto te debía su hijo.

—Espere, consultaré mi libreta. ¿Sólo René Delfosse o él y su amigo?... Entonces son ciento cincuenta, y setenta y cinco... y diez, más los ciento veinte de ayer...

Monsieur Delfosse le entregó un billete de mil francos y dijo secamente:

—Quédese el resto.

—¡Gracias, señor! ¡Muchas gracias! ¿No quiere tomar algo?

Pero Monsieur Delfosse se dirigía ya hacia la salida sin mirar a nadie. Pasó junto al comisario, al que no conocía. Al franquear la puerta, rozó a un recién llegado, en el que no se fijó, y volvió a subir a su coche.

Sin embargo, se estaba preparando el acontecimiento principal de la velada. Acababa de entrar un hombre alto, de espaldas anchas, rostro amplio y mirada serena.

Adèle, que fue la primera en verlo, tal vez porque no cesaba de acechar la puerta, abrió desmesuradamente los ojos y se quedó desconcertada.

El recién llegado fue directamente hacia ella y le ofreció una gruesa mano.

—¿Cómo le va desde la otra noche?

Ella intentó esbozar una sonrisa.

—Bien, gracias. ¿Y a usted?

Unos periodistas cuchicheaban mirándolo de soslayo.

—Te apuesto lo que quieras a que es él.

—¿Cómo iba a venir aquí esta noche?

Como en desafío, el hombre sacó de su bolsillo un paquete de picadura y se dispuso a llenar su pipa.

—¡Una cerveza inglesa! —dijo a Victor, que pasaba con una bandeja repleta.

Victor le hizo una seña afirmativa, siguió su camino, pasó junto a los dos policías y susurró rápidamente:

—¡Es él!

¿Cómo se difundió la noticia? Sea como fuere, el caso es que un minuto después todas las miradas estaban clavadas en el hombre de espaldas anchas; éste, con una pierna apoyada en un alto taburete de la barra y la otra colgando, bebía a sorbitos su cerveza inglesa, al tiempo que contemplaba a los demás clientes a través del cristal empañado.

Genaro tuvo que chasquear tres veces con los

dedos para que la orquesta se decidiera a interpretar una nueva pieza. Incluso el bailarín profesional, que conducía a su pareja por la pista encerada, no apartaba los ojos del hombre.

El comisario Delvigne y el inspector intercambiaron pequeñas señas. Algunos periodistas los observaban.

—¿Vamos?

Se levantaron a la vez y se dirigieron hacia el bar con paso indolente.

El comisario del bigote pelirrojo apoyó los codos sobre el mostrador, junto al hombre. Girard se colocó detrás, listo para aferrarlo por la cintura.

La música no cesó. Y, sin embargo, todo el mundo tuvo la impresión de que se había producido un silencio anormal.

—¡Perdón! ¿Se alojaba usted en el Hôtel Moderne?

Una mirada dura se clavó en el que hablaba.

—Sí. ¿Y qué?

—Creo que ha olvidado rellenar su ficha.

Adèle se hallaba muy cerca, con la mirada fija en el desconocido. Genaro descorchaba una botella de *champagne*.

—Si no tiene inconveniente, me gustaría que viniera a mi despacho para rellenarla. ¡Cuidadito! Sin alborotar.

El comisario Delvigne escrutaba las facciones

de su interlocutor, preguntándose en vano qué le impresionaba de él.

—¿Me sigue usted?

—Un instante.

Se llevó la mano al bolsillo. El inspector Girard, creyendo que el desconocido iba a sacar un revólver, cometió la torpeza de sacar el suyo.

Algunas personas se levantaron. Una mujer lanzó un grito de espanto. Pero el hombre sólo quería sacar dinero, que dejó sobre la barra mientras añadía:

—¡Los sigo!

La salida no fue lo que se dice discreta. La visión del revólver había asustado a los clientes; de no haber sido así, seguramente habrían formado un cortejo para seguirlos. El comisario iba delante. Después el hombre. Luego Girard, sonrojado por su movimiento en falso.

Un fotógrafo disparó la lámpara de magnesio. Un coche esperaba delante de la puerta.

—Tenga la amabilidad de subir.

Sólo tardaron tres minutos en llegar a la comisaría. Los inspectores de guardia jugaban a las cartas y bebían cerveza que habían encargado en una taberna cercana.

El hombre entró como en su casa, se quitó el sombrero hongo y encendió una gruesa pipa que armonizaba con su ancho rostro.

—¿Lleva usted documentación?

Delvigne estaba nervioso. Había algo en ese asunto que no le gustaba, y no sabía qué era.

—No llevo documentación alguna.

—¿Dónde dejó usted su maleta, cuando abandonó el Hôtel Moderne? —le preguntó el comisario, y le lanzó una mirada interrogante, pero se turbó, porque tuvo la impresión de que su interlocutor se divertía como un niño.

—¡No tengo ni idea!

—Nombre, apellidos, profesión, domicilio...

—Ese despacho de ahí al lado, ¿es el suyo?

Señalaba una puerta que daba a un despachito vacío y a oscuras.

—Sí. ¿Y qué?

—Entremos.

El hombre de espaldas anchas fue el primero en entrar, pulsó el interruptor de la luz y cerró la puerta.

—¡Comisario Maigret, de la Policía Judicial de París! —dijo entonces, al tiempo que daba bocanadas a su pipa—. Querido colega, creo que esta noche hemos hecho un buen trabajo. Por cierto, ¡tiene usted una pipa preciosa!

Viaje insólito

—No vendrán los periodistas, ¿verdad? Cierre la puerta con llave, tenga la bondad. Más vale que hablemos con tranquilidad.

El comisario Delvigne miraba a su colega con esa consideración involuntaria que se tiene en provincias, y sobre todo en Bélgica, para con todo lo que procede de París. Además, se sentía violento por el error que acababa de cometer, y quiso excusarse.

—¡De ninguna manera! —le interrumpió Maigret—. Tenía mucho interés en que me detuvieran. Más aún: después me llevará usted a la cárcel y permaneceré en ella todo el tiempo que sea necesario. Sus propios inspectores deben creer que mi detención es real.

¡No lo pudo remediar! Se echó a reír ante la graciosa expresión del belga. Este miraba a Maigret azarado, sin saber qué actitud adoptar. Se notaba que temía hacer el ridículo. Intentaba en vano averiguar si su compañero bromeaba o no.

La risa de Maigret desencadenó la suya.

—¡Vamos, vamos! ¿Qué cosas dice usted? ¿Meterlo en la cárcel? ¡Ja! ¡Ja!

—Le juro que eso deseo.

—¡Ja! ¡Ja!

Durante largo rato se resistió a creerlo. Sin embargo, cuando vio que su interlocutor hablaba en serio, se sintió muy turbado.

Se hallaban sentados frente a frente. Los separaba una mesa atestada de expedientes. De vez en cuando, Maigret volvía a mirar con admiración la pipa de espuma de su colega.

—Ahora lo entenderá todo —dijo—. Le pido perdón por no haberle puesto al corriente antes, pero, como verá en seguida, era imposible. El crimen se cometió el miércoles, ¿verdad? Bueno, pues el lunes yo estaba en mi despacho, en el Quai des Orfèvres, cuando me entregaron la tarjeta de un tal Graphopoulos. Como de costumbre, antes de atenderlo, telefoneé a la brigada de extranjería para obtener información sobre él. ¡Nada! Graphopoulos acababa de llegar a París.

»Cuando entró en mi despacho, me pareció notar que al hombre le inquietaba algo en esos momentos. Según me explicó en seguida, viajaba mucho, y tenía razones para pensar que querían atentar contra su vida; terminó preguntándome cuánto dinero le costaría que un inspector lo custodiara noche y día.

»Ocurre con frecuencia. Le comuniqué la tarifa. Insistió en que le facilitara a alguien que estuviera a la altura de las circunstancias; en cam-

110

bio, respondió con evasivas a mis preguntas sobre el peligro que él corría y sobre sus posibles enemigos. Me dijo que se alojaba en el Grand-Hôtel, y esa misma noche le envié al inspector solicitado.

»A la mañana siguiente, me informé sobre él. La embajada de Grecia me respondió que era el hijo de un importante banquero de Atenas y que llevaba una vida ociosa de gran señor por toda Europa. Apuesto a que usted lo tomó por un aventurero.

—Exacto. ¿Está usted seguro de que...?

—¡Espere! El martes por la noche, el inspector encargado de proteger a Graphopoulos me dijo, estupefacto, que nuestro hombre había intentado despistarlo continuamente, utilizando artimañas conocidas por todos, como los edificios con dos salidas, los taxis sucesivos, etcétera. Añadió que Graphopoulos había comprado un billete para el avión de Londres del miércoles por la mañana. A usted puedo confesárselo: la idea de dar una vuelta por Londres, sobre todo yendo en avión, no me desagradó, y me hice cargo de la vigilancia.

»El miércoles por la mañana, Graphopoulos abandonó el Grand-Hôtel, pero, en lugar de dirigirse al aeropuerto de Le Bourget, ordenó que lo llevaran a la Gare du Nord, donde compró un billete de tren para Berlín. Viajamos en el mismo coche-salón. Ignoro si me reconoció, pero, si así fue, no me dirigió la palabra. En Lieja se apeó, y yo tras él. Tomó una habitación en el Hôtel Moderne y yo elegí una contigua a la suya. Cenamos en un restaurante situado detrás del Théâtre Royal.

—¡En La Bécasse! —lo interrumpió el comisario Delvigne—. ¡Se come muy bien allí!

—Tiene razón, sobre todo los riñones al estilo de Lieja. Por cierto, tuve la impresión de que Graphopoulos ponía los pies en Lieja por primera vez. En la estación le aconsejaron el Hôtel Moderne. En el hotel lo enviaron a La Bécasse. Por último, un empleado del restaurante le habló del Gai-Moulin.

—Entonces, fue a parar a él por azar —dijo, pensativo, el comisario Delvigne.

—Confieso que no lo sé. Entré en el club poco después que él. Ya se había sentado a su mesa una bailarina del local, cosa bastante natural. A decir verdad, me aburrí mortalmente, pues me horrorizan esos clubes nocturnos. Al principio pensé que se iría con la bailarina. Cuando la vi marcharse sola, la acompañé un trecho del camino, el tiempo justo para hacerle dos o tres preguntas. Me contó que era la primera vez que veía a ese extranjero, que él la había citado para más tarde, pero que ella no pensaba acudir, y añadió que el tipo era un pelmazo. Eso es todo. Volví sobre mis pasos. El dueño del club salía en compañía del camarero. Pensé que Graphopoulos se habría marchado mientras yo acompañaba a la chica, y lo busqué por las calles de los alrededores. Fui al hotel para asegurarme de que no había regresado. Cuando volví al Gai-Moulin, las puertas seguían cerradas y no había luz en el interior. En una palabra, un fracaso. De todos modos, no me tomé el asunto a lo trágico. Pregunté a un agente si había otros clubes abiertos y me indicó cuatro o cinco. Entré en todos, busqué al griego a conciencia, pero no lo encontré.

—Extraordinario —murmuró, admirado, el comisario Delvigne.

—Espere. Al día siguiente, habría podido presentarme ante usted y continuar la investigación en colaboración con la policía de Lieja. No obstante, como me habían visto en el Gai-Moulin, preferí no hacerlo para no alertar al asesino. Al fin y al cabo, son muy pocos los posibles culpables. Decidí seguir los dos jóvenes, cuyo nerviosismo no me había pasado inadvertido. Eso me condujo hasta Adèle y la pitillera del muerto. Ustedes precipitaron los acontecimientos: la detención de Jean Chabot, la huida de Delfosse, la confrontación general. Todo eso lo supe por los periódicos. Me enteré también de que me buscaban como posible culpable. ¡Eso es todo! ¡Lo aproveché!

—¿Lo aprovechó?

—Primero, una pregunta: ¿cree usted que los dos muchachos son culpables?

—Si he de serle sincero...

113

—Bien, ya veo que no lo cree. Nadie lo cree, y el asesino sabe perfectamente que de un momento a otro la policía se lanzará sobre otras pistas. Por tanto, el asesino habrá tomado sus precauciones, y no hay que contar con que cometa una imprudencia. En cambio, hay poderosas sospechas contra el hombre de las espaldas anchas, como dicen los periódicos. Hoy han detenido al hombre de las espaldas anchas en circunstancias bastante teatrales. Para todo el mundo, el hombre al que meterán en la cárcel esta noche es el verdadero culpable. Hay que reforzar esa opinión. Mañana, la gente leerá en los periódicos que estoy en la prisión de Saint-Léonard, y que se cree que confesaré muy pronto.

—¿Está usted de verdad dispuesto a ir a la cárcel?

—¿Por qué no?

El comisario Delvigne no acababa de convencerse.

—Naturalmente, tendrá usted libertad de movimientos.

—En absoluto. Le pido, al contrario, que me someta al régimen más severo.

—Ustedes, los de París, utilizan unos métodos muy raros.

—¡Qué va! Pero, como le he dicho, es necesario que el culpable o los culpables se crean fuera de peligro. Si es que hay un culpable.

Esta vez, el comisario de bigote pelirrojo se sobresaltó.

—¿Qué quiere usted decir? ¿Insinúa que Graphopoulos se aplastó el cráneo de un garrotazo y después se encerró en un cesto de mimbre para transportarse al Jardín Botánico?

En los grandes ojos de Maigret había una expresión de lo más ingenua.

—¡Nunca se sabe! —Y, al tiempo que llenaba su pipa, añadió—: Ya va siendo hora de que me lleve a Saint-Léonard. Antes, sería aconsejable que nos pusiéramos de acuerdo sobre algunos detalles. ¿Quiere usted apuntarlos?

Hablaba con mucha sencillez. Había humildad incluso en el tono que empleaba. Pese a ello, Maigret tomaba pura y simplemente la dirección de las investigaciones, sin que lo pareciera.

—Lo escucho.

—Primero: el lunes, Graphopoulos pidió protección a la policía parisiense.

»Segundo: el martes intentó burlar al inspector encargado de custodiarlo.

»Tercero: el miércoles, tras comprar un billete de avión para Londres, compró uno de tren para Berlín y se apeó en Lieja.

»Cuarto: no parecía conocer la ciudad y fue a parar al Gai-Moulin, donde no hizo nada extraordinario.

»Quinto: en el momento en que yo salí en

compañía de la bailarina, había cuatro personas en el club: Chabot y Delfosse, escondidos en la escalera del sótano; el dueño y Victor en la sala.

»Sexto: cuando regresé al Gai-Moulin el dueño y Victor se fueron y cerraron las puertas. Chabot y Delfosse, según ha dicho el primero, seguían allí.

»Séptimo: Chabot afirma que salieron del sótano un cuarto de hora después del cierre, y que en ese momento Graphopoulos estaba muerto.

»Octavo: si eso es cierto, el crimen pudo haberse cometido mientras yo acompañaba a la bailarina. En ese caso, los culpables serían Genaro y Victor.

»Noveno: si eso no es cierto, durante ese rato pudieron cometer el asesinato los propios Delfosse y Chabot.

»Décimo: Chabot tal vez mienta y, en ese caso, nada prueba que el drama se produjera en el Gai-Moulin.

»Undécimo: el asesino pudo haber transportado el cuerpo al Jardín Botánico, pero es posible que de dicho transporte se encargara otra persona.

»Duodécimo: al día siguiente, Adèle tenía en su poder la pitillera, y afirma que se la había dado Delfosse.

»Decimotercero: los testimonios de Genaro, de la bailarina y de Victor concuerdan para refutar las declaraciones de Jean Chabot.

Maigret calló y dio algunas bocanadas a su pipa; su compañero levantó hacia él unos ojos llenos de inquietud.

—¡Es inaudito! —murmuró Delvigne.

—¿Qué es inaudito?

—La complejidad de este caso, cuando se examina detenidamente.

Maigret se levantó.

—¡Ya es hora de acostarnos! ¿Son buenas las camas en Saint-Léonard?

—Es verdad, ahora irá usted allí.

—A propósito, me gustaría ocupar la celda contigua a la de Chabot. Tal vez mañana le pida a usted que me someta a un careo con él.

—Quizá para entonces hayamos atrapado a su amigo Delfosse.

—Eso no tiene importancia.

—¿Cree usted que debemos descartar definitivamente la culpabilidad de esos muchachos? El juez no quiere ni oír hablar de soltar a Chabot. Además, tendré que decirle la verdad sobre lo de usted.

—Lo más tarde posible, por favor. ¿Qué sucede ahí al lado?

—¡Los periodistas, seguro! Voy a tener que hacer alguna declaración. ¿Qué identidad quiere que le atribuya?

—¡Ninguna! ¡Un desconocido! Dígales que no llevaba encima documentación alguna.

El comisario Delvigne no había recuperado

del todo el aplomo. Seguía observando a Maigret a hurtadillas, con una inquietud teñida de admiración.

—No comprendo nada.

—¡Yo tampoco! —replicó Maigret.

—Es como si Graphopoulos sólo hubiera venido a Lieja para que lo mataran. De hecho, ya debería haber avisado a su familia. Mañana por la mañana iré a ver al cónsul de Grecia.

Maigret había recogido su sombrero hongo. Estaba listo para partir.

—¡Cuidado con tratarme con demasiada consideración delante de los periodistas! —le recomendó.

Delvigne abrió la puerta. En la gran sala de los inspectores vieron a una media docena de periodistas que rodeaban a un hombre. El comisario Delvigne lo reconoció de inmediato.

Era el director del Hôtel Moderne, que había acudido esa misma tarde a la comisaría. Hablaba con vehemencia a los periodistas y éstos tomaban notas. De repente, se volvió, vio a Maigret y lo señaló con el dedo, al tiempo que se sonrojaba.

—¡Es él! —exclamó—. ¡No hay duda!

—En efecto. Acaba de confesar que se alojó en su hotel.

—¿Y ha confesado también que se llevó el cesto? —siguió el director del hotel.

El comisario Delvigne no comprendía nada.

—¿Qué cesto?

—¡El cesto de mimbre, caramba! Con el personal doméstico que tenemos hoy en día, yo podría haber tardado mucho en advertirlo.

—¡Explíquese!

—Verá. En cada piso del hotel, en el pasillo, hay un cesto de mimbre que sirve para dejar la ropa sucia. Pues bien, cuando trajeron la ropa de la lavandería, advertí que faltaba un cesto: el del tercer piso. Pregunté a la doncella y, según ella, creyó que se habían llevado el cesto para repararlo, porque la tapa cerraba mal.

—¿Y la ropa?

—¡Eso es lo mejor! La ropa que contenía estaba dentro del cesto del segundo piso.

—¿Está usted seguro de que su cesto es el que se utilizó para transportar el cadáver?

—Vengo del depósito de cadáveres, y allí me lo han enseñado.

Jadeaba. Se veía estrechamente involucrado en el caso, y aún no había salido de su asombro.

Pero el más afectado era el comisario Delvigne, que ni siquiera se atrevía a dirigir la mirada a Maigret. Olvidó la presencia de los periodistas y los términos de su acuerdo.

—¿Qué dice usted a eso?

—No digo nada —contestó Maigret, imperturbable.

—Hay que tener en cuenta —prosiguió el director del Hôtel Moderne— que pudo muy bien salir con el cesto sin ser visto. Para entrar por la noche, hay que llamar, y el portero abre sin levantarse de la cama. Para salir basta con girar el pomo de la puerta.

Un periodista que tenía dotes para el dibujo estaba haciendo un rápido bosquejo de Maigret, al que representaba mofletudo y con una expresión de lo más inquietante.

El comisario Delvigne se pasó la mano por los cabellos y balbució:

—Tenga la amabilidad de entrar un instante en mi despacho.

No sabía adónde mirar. Un reportero le preguntó:

—¿Ha confesado?

—¡Déjeme en paz!

Maigret dijo muy tranquilo:

—Le advierto que no responderé a ninguna pregunta más.

—¡Girard! ¡Haga venir el coche!

—¿No tengo que firmar mi declaración? —preguntó el director del Hôtel Moderne.

—Luego.

Había una gran confusión. Pero Maigret fumaba muy serio su pipa, al tiempo que miraba, uno tras otro, a los presentes.

—¿Las esposas? —preguntó Girard, al entrar.

—Sí... No... ¡Usted, venga por aquí!

Tenía prisa por hallase en el coche a solas con el comisario.

Cuando avanzaban por las calles desiertas, preguntó, casi suplicante:

—¿Qué quiere decir eso?

—¿A qué se refiere?

—A la historia del cesto. Ese hombre lo acusa, en una palabra, de haberse llevado un cesto de mimbre del hotel. ¡El cesto de mimbre en el que se encontró el cadáver!

—En efecto, eso ha parecido insinuar.

Ese «insinuar», después de las vehementes afirmaciones del director del hotel, tenía una sabrosa ironía.

—¿Es verdad?

En lugar de responder, Maigret siguió con su monólogo.

—En una palabra, ese cesto, o se lo llevó Graphopoulos, o me lo llevé yo. Si fue Graphopoulos, hay que reconocer que sería extraordinario: ¡un hombre que se encarga de transportar su propio ataúd!

—Discúlpeme. Pero antes, cuando se identificó usted, no pensé en pedirle..., ¡ejem!..., una prueba de...

Maigret se hurgó en los bolsillos. No tardó en mostrar a Delvigne su placa de comisario.

—Ya veo. Perdóneme. Esa historia del cesto...

—Y de repente, armado de valor gracias a la oscuridad que reinaba en el coche, añadió—: ¿Sabe que, aunque no me hubiera dicho usted nada, me habría visto obligado a detenerlo, después de la detallada declaración del director del Hôtel Moderne?

—¡Naturalmente!

—¿Esperaba usted esa acusación?

—¿Yo? ¡No!

—¿Y cree que fue Graphopoulos en persona quien se llevó el cesto?

—¡Aún no creo nada!

El comisario Delvigne, perdida ya la paciencia, con las mejillas arreboladas, se calló y se arrellanó en su rincón. Al llegar a la prisión, se ocupó rápidamente de las formalidades del encarcelamiento, procurando no mirar la cara de su compañero.

—El oficial lo custodiará —dijo a modo de despedida.

Sin embargo, no tardaría en sentir remordimientos. En la calle se preguntó si no había sido demasiado seco con su colega.

«¡El mismo me ha pedido que me mostrara duro!»

Sí, pero ¡no a solas! Además, eso era antes de la declaración del director del Hôtel Moderne. ¿Acaso Maigret, por ser de París, estaba tomándole el pelo?

«En ese caso, peor para él.»

Girard esperaba en el despacho, leyendo los trece puntos que el comisario Maigret había dictado a Delvigne.

—¡Esto avanza! —se felicitó a la llegada de su jefe.

—¡Ah! O sea, que a ti te parece que avanza.

Delvigne empleó tal tono que Girard puso ojos como platos.

—Pero... esa detención, y el cesto que... —replicó el inspector.

—El cesto, ¡sí! Sobre todo, háblame del cesto, eso es, del cesto que... Ponme con el servicio de telégrafos.

Cuando tuvo la comunicación, dictó el siguiente telegrama:

«Sûreté Lieja a Dirección Policía Judicial París.

»ROGAMOS ENVIEN URGENTEMENTE INFORMES DETALLADOS Y, A SER POSIBLE, FICHA DACTILOSCOPICA COMISARIO MAIGRET».

—¿Qué quiere decir eso? —se atrevió a preguntar Girard.

No debió preguntarlo. El otro le lanzó una mirada feroz.

—Nada en absoluto, ¿oyes? ¡Quiere decir que estoy harto de tus estúpidas preguntas! ¡Quiere decir que tengo ganas de que me dejen en paz!

Quiere decir... —Al darse cuenta de lo ridículo de su enfado, acabó de repente con una sola palabra—: ¡Carajo!

Después se encerró en su despacho, a solas con los trece apartados del comisario Maigret.

En el café

—¡Estáte quieto! —dijo la gruesa muchacha con una pícara sonrisa—. ¡Nos van a ver! —Se levantó, se dirigió al ventanal, cubierto por una cortina, y preguntó—: ¿Estás esperando el tren de Bruselas?

Se hallaban en un café, situado detrás de la Gare des Guillemins. El local, bastante grande, estaba limpio, las baldosas claras del suelo lavadas con abundante agua y las mesas cuidadosamente barnizadas.

—Ven a sentarte —murmuró el hombre, instalado ante una cerveza.

—¿Te portarás bien?

Y la mujer se sentó, tomó la mano que el hombre tenía sobre la banqueta y la colocó encima de la mesa.

—¿Eres viajante de comercio?

—¿En qué lo notas?

—En nada... No sé. Oye, si no te estás quieto, me voy a la puerta. Mejor será que me digas qué quieres beber. ¿Lo mismo? ¿Para mí también?

La limpieza del local, el orden que en él reinaba y un no sé qué más propio de un ambiente doméstico que de un establecimiento público, podía dar lugar a equívocos.

La barra era minúscula, no tenía cerveza de barril, y detrás, en la estantería, había apenas veinte vasos. En una mesa, cerca de la ventana, se veía una labor de costura y, en otro lugar, una cesta con judías verdes a las que habían empezado a quitar las hebras.

Era limpio. Olía a sopa y no a bebida. Al entrar, se tenía la sensación de violar la intimidad de un hogar.

La mujer, de unos treinta y cinco años, era atractiva y tenía un aire decente y a la vez maternal.

Rechazaba continuamente la mano que el tímido cliente le ponía a cada instante sobre la rodilla.

—¿En el ramo de la alimentación?

De repente aguzó el oído. Una escalera conducía directamente al primer piso. Y, arriba, se había oído un ruido, como si alguien acabara de despertarse.

—¿Me permites un momento? —Fue a escuchar, se dirigió a un pasillo y gritó—: ¡Monsieur Henry!

Cuando volvió a reunirse con el cliente, éste se mostraba inquieto, desconcertado, tanto más cuanto que un hombre en mangas de camisa y sin cuello duro, procedente de la trastienda, empezaba a subir la escalera sin hacer ruido. Sólo se le vieron las piernas, y después, nada.

—¿Qué ocurre? —preguntó el hombre.

—Nada. Un joven que anoche estaba borracho y lo acostamos arriba.

—¿Monsieur Henry es tu marido?

Ella se echó a reír, con lo que se le estremeció el pecho, abundante y turgente.

—Es el dueño. Yo sólo soy la camarera. ¡Cuidado! Te digo que te van a ver.

—Sin embargo, me gustaría...

—¿Qué?

El hombre se sonrojó. Ya no sabía lo que podía o no podía permitirse. Miraba a su gruesa y lozana compañera con ojos brillantes.

—¿No hay modo de estar un poco a solas? —susurró.

—¿Estás loco? ¿Para qué? Esta es una casa muy seria.

Ella se interrumpió para volver a escuchar. Arriba se oía una discusión. Henry respondía con voz tranquila y seca a alguien que le hacía reproches vehementes.

—Un verdadero chiquillo —explicó la gruesa muchacha—. ¡Daba pena! No debe de tener ni veinte años y ya se emborracha. Además, invitó a beber a todo el mundo; quiso hacerse el listo y montones de tipos se aprovecharon.

Arriba se abrió una puerta y las voces se oyeron con mayor claridad.

—¡Le digo que tenía centenares de francos en los bolsillos! —gritaba el joven—. ¡Me los han robado! ¡Quiero mi dinero!

—Un momento. Poco a poco. ¡Aquí no hay ladrones! Si usted no hubiera estado borracho como una cuba...

—Usted me sirvió la bebida.

—Sirvo bebida a la gente porque la considero lo bastante inteligente como para vigilar su billetero. Aun así, no debí hacerle caso. Además, usted se marchó a buscar mujeres por la calle con el pretexto de que la camarera no era lo bastante amable con usted. Y quería una habitación, y yo qué sé cuántas cosas más...

—Devuélvame mi dinero.

—Yo no tengo su dinero. Es más, si sigue armando jaleo, llamaré a la policía.

Henry no perdía la calma. En cambio, el joven, agitado, bajó la escalera de espaldas sin dejar de discutir.

Tenía las facciones marcadas, ojeras y un rictus siniestro en la boca.

—¡Todos ustedes son unos ladrones!

—¡Repita eso!

Y el llamado Henry bajó algunos escalones corriendo y agarró al joven por el cuello de la camisa.

De pronto, estuvo a punto de ocurrir una tragedia. El muchacho sacó un revólver del bolsillo y vociferó:

—Suélteme o...

El viajante de comercio se quedó pegado a la banqueta y, aterrorizado, se aferró al brazo de la camarera, que quería lanzarse hacia el chico.

No fue necesario. Henry, habituado a las peleas, había dado un golpe seco en el antebrazo de su adversario y el revólver cayó de las manos de éste.

—¡Abre la puerta! —ordenó Henry, jadeante, a la camarera.

Cuando estuvo abierta, empujó al muchacho con tal fuerza que éste cayó rodando en medio de la acera. Henry recogió el revólver del suelo y lo lanzó hacia el joven.

—¡Mocoso, venir a insultarme en mi propia casa! Ayer no paraba de pavonearse y enseñaba su dinero al primero que llegaba.

Se ordenó el cabello, echó un vistazo hacia la puerta y vio a un guardia municipal de uniforme.

—Usted es testigo de que me ha amenazado, ¿eh? —dijo al aturdido cliente—. Por lo demás, la policía conoce bien esta casa.

En la acera, René Delfosse, de pie, con la ropa sucia, rechinaba los dientes de rabia y respondía a las preguntas del agente municipal sin saber siquiera lo que contaba.

—¿Dice que le han robado? En primer lugar, ¿cómo se llama usted? Enséñeme la documentación. ¿Y de quién es esta arma?

Se habían acercado ya algunas personas. Otras se inclinaban desde la plataforma de un tranvía.

—Venga conmigo a la comisaría.

Al llegar, Delfosse tuvo tal ataque de furia que el agente recibió varias patadas en las tibias. Al interrogarlo el comisario, empezó contando que era francés y que había llegado a Lieja la víspera.

—En ese café me emborracharon y me quitaron todo mi dinero.

Pero un agente, en un rincón, lo observaba. Fue a hablar en voz baja al comisario. Este sonrió con satisfacción.

—¿No se llamará usted René Delfosse?

—Eso a usted no le importa.

Raras veces había visto a alguien tan airado. El joven tenía la cabeza completamente ladeada y la boca torcida.

—Y el dinero que le quitaron, ¿no se lo había robado a cierta bailarina?

—¡No es verdad!

—Calma, calma. Ya se lo explicará a la Sûreté. Que telefoneen al comisario Delvigne para preguntarle qué tenemos que hacer con este individuo.

—¡Tengo hambre! —gruñó Delfosse, sin perder la expresión de niño protestón.

Se encogieron de hombros.

—No tienen ustedes derecho a dejarme sin comer. Los denunciaré. Yo...

—Ve a buscarle un bocadillo ahí al lado.

Delfosse le dio dos mordiscos y tiró el resto al suelo con una mueca de asco.

—¿Oiga?... Sí, está aquí... ¡Muy bien! Se lo envío de inmediato... No. Nada.

En el coche, sentado entre dos agentes, Delfosse guardó al principio un silencio hosco. Luego, sin que le hubieran preguntado nada, murmuró:

—De todos modos, yo no lo maté. Fue Chabot.

Los policías no le prestaron atención.

—Mi padre se quejará ante el gobernador, que es amigo suyo. ¡Yo no he hecho nada! Me robaron el billetero y, este mediodía, el dueño del café me ha echado a la calle sin un céntimo.

—El revólver, en cambio, sí es suyo, ¿verdad?

—No, es del dueño del café. Me amenazó con disparar si hacía ruido. Si no se lo creen, pregunten al cliente que había allí.

Al entrar en los locales de la Sûreté, alzó la cabeza tratando de darse aires de importancia, de parecer seguro de sí mismo.

—¡Ah! ¡Es el listillo ése! —dijo un inspector, al tiempo que estrechaba la mano de sus colegas y

131

miraba a Delfosse de pies a cabeza—. Voy a avisar al jefe. —Regresó un instante después y dijo—: Que espere.

Al oírlo, el rostro del joven mostró despecho e inquietud, y rechazó la silla que le indicaban. Quiso encender un cigarrillo. Se lo quitaron de las manos.

—Aquí, no.

—¡Pues ustedes bien fuman!

Y oyó mascullar al inspector, que se alejaba, algo así como:

«... un curioso gallito de pelea».

A su alrededor seguían fumando, escribiendo, compulsando expedientes y a veces cambiando algunas frases.

Sonó un timbre. El inspector dijo a Delfosse, sin moverse:

—Puede usted entrar en el despacho del jefe. La puerta del fondo.

El despacho no era grande. La atmósfera estaba cargada de humo, y la estufa, que acababan de encender por primera vez en ese otoño, lanzaba estruendosos zumbidos cuando se levantaba un poco de viento.

El comisario Delvigne dominaba el cuarto desde su sillón. En el fondo, cerca de la ventana, a contraluz, había alguien sentado en una silla.

—Entre. Tome asiento.

La silueta sentada se levantó. Se adivinaba,

mal iluminado, el pálido rostro de Jean Chabot, girado hacia su amigo.

Delfosse preguntó, sarcástico:

—¿Qué quieren de mí?

—Nada, joven. Sólo que responda a algunas preguntas.

—Yo no he hecho nada.

—Y yo no le he acusado aún.

Señalando a Chabot, René gruñó:

—¿Qué ha contado ése? Ha mentido, estoy seguro.

—¡Calma! ¡Calma! E intente responder a mis preguntas. Y usted, permanezca sentado.

—Pero...

—Le digo que permanezca sentado. Y ahora, Delfosse, dígame qué hacía en ese café.

—Me robaron.

—¿Otra vez con esa historia? Veamos. Ayer por la tarde, cuando entró usted en el café, ya estaba ligeramente bebido. Quiso llevarse a la camarera al primer piso y, como ella se negaba, salió usted a la calle en busca de una mujer.

—Estoy en mi derecho.

—Invitó a beber a todo el mundo, y durante horas fue usted la gran atracción. Hasta el momento en que, borracho como una cuba, cayó rodando bajo una mesa. El dueño sintió lástima de usted y lo acostó en una cama.

—Me robó.

—Es decir, que repartió usted a diestro y siniestro dinero que no le pertenecía. Para ser exactos, el dinero que había robado por la mañana del bolso de Adèle.

—¡Eso no es verdad!

—Con ese dinero, primero se compró el revólver. ¿Para qué?

—¡Porque me apetecía tener un revólver!

La cara de Chabot era un espectáculo apasionante. Miraba a su amigo con un asombro indecible, como si no pudiera dar crédito a sus oídos. Parecía descubrir de repente a otro Delfosse, que lo espantaba. Le habría gustado intervenir, decirle que se callara.

—¿Por qué robó usted el dinero a Adèle?

—Me lo dio ella.

—Ella ha declarado algo muy distinto. ¡Lo acusa a usted de habérselo robado!

—¡Miente! Ella me lo dio para comprar dos billetes de tren, porque íbamos a marcharnos juntos.

Se notaba que lanzaba las frases sin ton ni son, sin reflexionar, sin procurar no contradecirse.

—Tal vez niegue usted también que, hace dos noches, se ocultó en la escalera que lleva al sótano del Gai-Moulin.

Chabot se inclinó hacia delante como para advertirle: «¡Cuidado! No había manera de negarlo. No he tenido más remedio que confesar».

Pero Delfosse, ya en pie, gritó hacia su amigo:

—¡Eso también lo ha contado ése! ¡Y ha mentido! ¡Quería que me quedara con él! Yo no necesito dinero, mi padre es rico, basta con que se lo pida. La idea fue de éste.

—Se marchó usted en seguida del local, ¿no?

—Sí.

—¿Regresó a su casa?

—Sí.

—Después de comer patatas fritas y mejillones en la Rue du Pont-d'Avroy, ¿verdad?

—Sí. Creo...

—Ahora bien, iba acompañado de Chabot. El camarero lo ha declarado.

Chabot se retorcía las manos y su mirada seguía siendo suplicante.

—¡Yo no he hecho nada! —dijo Delfosse, recalcando las sílabas.

—Yo no he dicho que usted hubiera hecho algo.

—¿Entonces?

—Entonces, ¡nada!

Delfosse recuperó el aliento y lanzó una mirada aviesa.

—¿Fue usted quien dio la señal para salir del sótano?

—No, eso no es verdad.

—En todo caso, usted, que iba delante, fue el primero que vio el cadáver.

—No es verdad.

—¡René! —gritó Chabot, que ya no podía más.

De nuevo, el comisario lo obligó a sentarse, a callarse. Pero Chabot, un instante después, murmuró, como sin fuerza:

—No comprendo por qué miente. No asesinamos a nadie. Ni siquiera tuvimos tiempo de robar. El iba delante y encendió un fósforo. Yo apenas vi al turco, sólo adiviné algo en el suelo. Después, Delfosse incluso me dijo que el cadáver tenía un ojo abierto y la boca...

—¡Qué interesante! —ironizó Delfosse.

En ese instante, Chabot parecía cinco años menor que su amigo, ¡y mucho más frágil! No sabía qué pensar. Era consciente de su poca convicción, de su debilidad.

El comisario Delvigne miraba a uno y a otro alternativamente.

—Pónganse de acuerdo, muchachos. Con el susto, salieron con tal precipitación que se dejaron la puerta abierta. Después fueron a comer mejillones y patatas fritas. —De repente, mirando a Delfosse a los ojos, añadió—: Dígame una cosa, ¿tocó usted el cadáver?

—¿Yo? En absoluto.

—¿Había un cesto de mimbre cerca de él?

—No. No vi nada de eso.

—¿Cuántas veces ha robado usted dinero de la caja de su tío?

—¿Ha contado eso Chabot? —Y, con los puños cerrados, añadió—: ¡Será cerdo! ¡Menudo caradura! ¡Inventa historias! El sí robaba de la «caja pequeña», y yo le daba dinero para que lo devolviera.

—¡Cállate! —suplicó Chabot, con las manos juntas.

—¡Sabes perfectamente que mientes!

—¡No! Tú eres el mentiroso. ¡Escucha, René! El asesino está...

—¿Qué dices?

—Digo que el asesino está..., está detenido. Tú...

Delfosse miró al comisario Delvigne y preguntó con voz equívoca:

—¿Qué dice? ¿El..., el asesi...?

—¿No ha leído los periódicos? Claro, usted estaba durmiendo la borrachera. En seguida me dirá si reconoce al hombre que estaba aquella noche en el Gai-Moulin y que al día siguiente lo siguió por la calle.

René se enjugó el sudor, sin atreverse a mirar al rincón en el que se encontraba su amigo. Sonó el timbre en el despacho de los inspectores y unos agentes fueron a buscar a Maigret, que se hallaba en un cuarto contiguo. Se abrió la puerta y entró, conducido por el inspector Girard.

—¡Más aprisa! Colóquese a la luz, por favor. A ver, Delfosse, ¿lo reconoce usted?

—¡Sí, es él!

—¿Lo había visto antes?

—¡Jamás!

—¿No le dirigió la palabra?

—No creo.

—Por ejemplo, ¿no merodeaba por los alrededores del Gai-Moulin cuando salieron ustedes? Reflexione. Haga memoria.

—Espere. Sí, tal vez. Había alguien en un rincón, y ahora me parece que quizá fuera él.

—¿Quizá?

—Seguro. Sí.

Maigret, de pie en el pequeño despacho, parecía enorme. Sin embargo, cuando habló, se oyó una voz casi delicada, muy dulce:

—No llevaba usted una linterna, ¿verdad?

—No. ¿Por qué?

—Y no encendieron la luz de la sala, ¿no? O sea, que se contentaron con encender un fósforo. ¿Quiere decirme a qué distancia estaba usted del cadáver cuando lo vio?

—Pues... no sé.

—¿A una distancia mayor que la que hay entre las dos paredes de este despacho?

—Más o menos la misma.

—Es decir, a cuatro metros. Y estaban ustedes muy nerviosos. Era su primer robo de verdad. Vislumbraron una figura echada y pensaron en seguida que era un cadáver. No se acercaron, no lo tocaron; por tanto, no están seguros de que el hombre no respirara. ¿Quién había encendido el fósforo?

—Yo —confesó Delfosse.

—¿Ardió durante mucho tiempo?

—Lo dejé caer en seguida.

—Por consiguiente, el dichoso cadáver estuvo iluminado sólo unos segundos. ¿Está usted seguro, Delfosse, de haber reconocido a Graphopoulos?

—Vi cabellos negros —contestó. Miró asombrado a su alrededor. Hasta ese momento no se había dado cuenta de que el hombre corpulento estaba sometiéndolo a un auténtico interrogatorio, y él había contestado con docilidad. Refunfuñó—: ¡Sólo responderé al comisario!

Este había descolgado ya el auricular del teléfono. Delfosse se estremeció al oír el número que pedía.

—¿Oiga? ¿Monsieur Delfosse? Sólo deseo saber si sigue dispuesto a depositar la fianza de cincuenta mil francos. Ya he hablado de ello al juez de instrucción, quien ha informado al ministerio fiscal... Sí, entendido... ¡No! No se moleste. Es mejor que se haga directamente.

René Delfosse aún no comprendía. En su rincón, Jean Chabot permanecía inmóvil.

—Delfosse, ¿sigue usted afirmando que fue Chabot quien lo hizo todo?

—Sí.

—Pues bien, están ustedes libres. Vuelvan a sus casas. Su padre, Monsieur Delfosse, me ha prometido que no le hará ningún reproche. ¡Un momento! Usted, Chabot, ¿sigue afirmando que fue Delfosse quien robó el dinero que usted intentaba hacer desaparecer en los lavabos?

—Fue él. Yo...

—En ese caso, arrégleselas con él. ¡Lárguense los dos!

Maigret había sacado maquinalmente su pipa del bolsillo. Pero no la encendió. Miraba a los jóvenes, que, desamparados, no sabían qué hacer ni qué decir. El comisario Delvigne tuvo que levantarse y empujarlos hacia la puerta.

—Nada de disputas, ¿eh? No olviden que siguen a disposición de la justicia.

Atravesaron a pasos rápidos la sala de los inspectores y, en la puerta, Delfosse, hosco, se giró hacia su amigo e inició un discurso vehemente, que no se oyó.

Sonó el teléfono.

—¿Diga? ¿El comisario Delvigne?... Discúlpeme que le moleste, señor comisario. Soy Monsieur Chabot. ¿Puedo preguntarle si hay alguna novedad?

El comisario sonrió, dejó su pipa de espuma sobre la mesa y dirigió un guiño a Maigret:

—Delfosse acaba de salir de aquí... en compañía de su hijo.

—...

—¡Que sí! Dentro de unos minutos estarán en casa. ¡Oiga! Permítame aconsejarle que no sea demasiado severo con él.

Llovía. Por las calles, Chabot y Delfosse caminaban veloces a lo largo de las aceras, abriéndose paso entre la multitud, que no los conocía. No conversaban de manera fluida. Pero, cada cien metros, uno de los dos giraba ligeramente la cabeza hacia su compañero y lanzaba una frase mordaz que suscitaba una réplica arisca.

Al llegar a la esquina de la Rue Puits-en-Socs, torcieron, uno hacia la derecha y otro hacia la izquierda, para volver cada cual a su casa.

—¡Está libre, señor! ¡Han reconocido que era inocente!

Monsieur Chabot salió de su oficina, esperó al tranvía número 4 y, al subir, se instaló cerca del conductor, al que conocía desde hacía años.

—¡Cuidado! Nada de averías, ¿eh? ¡Mi hijo está libre! El comisario en persona acaba de telefonearme para decirme que había reconocido su error. —No se podía saber si reía o lloraba. En todo caso, un vaho le impedía ver las calles familiares por las que pasaban—. ¡Y pensar que tal vez yo llegue a casa antes que él! Más valdría, porque mi mujer es capaz de recibirlo mal. Hay cosas que las mujeres no comprenden. ¿Creyó usted por un solo instante que fuera culpable? Dígamelo, con confianza...

Estaba enternecedor. Suplicaba al conductor que dijese que no.

—Pues mire, yo...

—Tendrá usted alguna opinión, ¿no?

—Desde que mi hija tuvo que casarse con un inútil que la había dejado embarazada, no creo demasiado en la juventud de hoy.

Maigret se había sentado en el sillón que Jean Chabot acababa de abandonar, frente al escritorio del comisario Delvigne, y había tomado el tabaco de éste, que se encontraba sobre la mesa.

—¿Tiene usted la respuesta de París? —preguntó Maigret.

—¿Cómo lo sabe?

—¡Vamos! También usted lo habría adivinado. Y con respecto al cesto de mimbre, ¿han logrado averiguar cómo salió del Hôtel Moderne?

—¡En absoluto! —El comisario Delvigne estaba malhumorado. Sentía rencor hacia su colega parisiense—. Con franqueza, le diré que sospecho que usted está tomándonos el pelo. Reconozca que sabe algo más de este caso.

—Y yo le respondo que en absoluto. Es la verdad. Tengo más o menos los mismos elementos de investigación que usted. En su lugar, yo hubiera actuado como usted y habría soltado a esos dos muchachos. Ahora, por ejemplo, intentaría saber qué pudo robar Graphopoulos en el Gai-Moulin.

—¿Robar?

—¡O intentar robar!

—¿Graphopoulos? ¿El muerto?

—O a quién pudo matar.

—¡No comprendo nada!

—¡Espere! Matar o intentar matar.

—¿Ve como tiene usted informaciones que a mí me faltan?

—¡Muy pocas! La principal diferencia entre nosotros es que usted acaba de pasar varias horas ocupadísimo, corriendo de aquí a los tribunales, recibiendo a gente y hablando por teléfono, mientras yo gozaba de la tranquilidad más completa en mi celda de Saint-Léonard.

—¡Y ha estado usted reflexionando sobre sus trece apartados! —replicó el comisario Delvigne, no sin cierta acritud.

—No sobre todos, de momento sólo sobre algunos.

—Por ejemplo, sobre el cesto de mimbre.

Maigret esbozó una sonrisa beatífica.

—¿Otra vez? De acuerdo. Más vale que le diga que fui yo quien sacó el cesto del hotel.

—¿Vacío?

—¡En absoluto! ¡Con el cadáver dentro!

—De modo que, según usted, el asesinato...

—... se cometió en el Hôtel Moderne, en la habitación de Graphopoulos. Y eso es lo más fastidioso del caso. ¿No tiene usted fósforos?

El confidente

Maigret se arrellanó en el sillón, vaciló un momento, como era habitual en él cuando iba a comenzar una larga explicación, y habló con suma sencillez.

—Ahora lo comprenderá usted igual que yo, y no me guardará rencor por haber hecho un poco de trampa. Empecemos por la visita de Graphopoulos a la Prefectura de Policía de París. Pide la protección de la policía, sin dar la menor explicación. Al día siguiente, parece, por su comportamiento, arrepentirse de esa gestión. La primera hipótesis es que se trata de un loco o un maníaco, un hombre obsesionado por la idea de que le persiguen. La segunda es que se siente de verdad amenazado, pero, tras reflexionar, no se considera más seguro bajo la custodia de la policía. La tercera es que, en un momento dado, ha necesitado ser vigilado.

»Me explicaré. Tenemos a un hombre maduro que disfruta de una considerable fortuna y, al parecer, también de absoluta libertad. Puede tomar el avión o el tren y apearse en cualquier lugar. ¿Qué amenaza puede asustarlo hasta el punto de que se vea obligado a recurrir a la policía? ¿Una mujer celosa que lo amenace con matarlo? No lo creo. Le basta con poner algunos kilómetros por medio. ¿Un enemigo personal? ¡Un hombre como él, hijo de un banquero, está en condiciones de hacerlo detener! No sólo tiene miedo en París, sino que tiene miedo en el tren, y sigue teniendo miedo en Lieja. La conclusión que yo saco es que no lo persigue un individuo, sino una organización, una organización internacional.

»Repito que es rico. Unos malhechores que desearan su dinero no lo amenazarían de muerte y, en todo caso, se haría proteger eficazmente de ellos denunciándolos. Ahora bien, sigue teniendo miedo cuando la policía lo custodia. Pesa sobre él una amenaza, ¡una amenaza que sigue en pie en cualquier ciudad a la que vaya y en cualquier circunstancia! Exactamente como si hubiese formado parte de alguna sociedad secreta y, tras haberla traicionado, hubiera sido condenado por ella. Una mafia, por ejemplo. O un servicio de espionaje. En los servicios de espionaje hay muchos griegos. La Sección Segunda nos dirá qué hacía el padre de Graphopoulos durante la guerra. Supongamos que el hijo los haya traicionado o que, simplemente, hastiado, haya manifestado su intención de recuperar la libertad. Lo amenazan de muerte. Le advierten que tarde o temprano ejecutarán la sentencia. Viene a verme, pero al día siguiente mismo comprende que eso no le servirá de nada; se inquieta y actúa con precipitación. Aunque también es posible que haya ocurrido lo contrario.

—¿Lo contrario? —preguntó Delvigne, que escuchaba con atención—. Confieso que no comprendo.

—Yo calificaría a Graphopoulos como a un hijo de papá. No sabe qué hacer. Durante uno de sus viajes, se afilia a alguna banda, a una mafia o a un organismo de espionaje, como aficionado, por curiosidad, por deseo de experimentar sensaciones. Se compromete a obedecer ciegamente a sus jefes. Un día, le ordenan asesinar a una persona.

—¿Y se dirige a la policía?

—¡Trate de seguir mi razonamiento! Le ordenan, por ejemplo, venir a matar a alguien aquí, en Lieja. El está en París. Nadie sospecha de él. Siente repugnancia ante la idea de obedecer y, para no hacerlo, se dirige a la policía y hace que ésta lo siga. Telefonea a sus cómplices diciéndoles que le resulta imposible cumplir su misión, porque la policía lo vigila. No obstante, los cómplices no se dejan impresionar y le ordenan que actúe de todos modos. Esa es la segunda explicación. O una de las dos es válida, o nuestro hombre está loco, y, si lo está, ¡no hay razón alguna para que lo maten realmente!

—¡Sorprendente! —aprobó sin convicción el comisario Delvigne.

—En resumen, cuando abandona París, viene a Lieja para matar a alguien o para que lo maten. —La pipa de Maigret chisporroteaba. El comisario hablaba con toda naturalidad—. A fin de cuentas, lo han matado a él, pero eso no prueba nada. Repasemos los acontecimientos de aquella noche. Se dirige al Gai-Moulin y pasa la velada en compañía de la bailarina Adèle. Ella le deja y salimos juntos del club. Cuando regreso, el dueño del local y Victor se van. Aparentemente, el club queda vacío. Creyendo que Graphopoulos se ha marchado también, lo busco en otros clubes de la ciudad. A las cuatro de la mañana, vuelvo al Hôtel Moderne. Antes de entrar en mi habitación, siento la curiosidad de asegurarme de que mi griego no ha vuelto. Con el oído pegado a la puerta, no oigo respiración alguna. Entreabro la puerta y me lo encuentro vestido y al pie de la cama, con el cráneo hundido por un porrazo. Ese es, resumido lo más brevemente posible, mi punto de partida. El billetero ha desaparecido. En la habitación no hay ni un papel, ni un arma, ni una huella que me dé pistas. —El comisario Maigret prosiguió sin esperar la réplica de su colega—. Al principio le he hablado de mafia y espionaje, en todo caso de una organización internacional, la única explicación que, a mi juicio, puede tener un caso así. El crimen es perfecto. La porra ha desaparecido. No hay la menor pista, el menor indicio que permita iniciar una investigación en toda regla. Si ésta empieza en el Hôtel Moderne, en las condiciones habituales, ¡es casi seguro que no aportará nada!

»Quienes dieron ese golpe han tomado precauciones. ¡Lo han previsto todo!

»Y yo, convencido de ello, siembro la confusión. ¿Han abandonado el cadáver en el Hôtel Moderne? ¡Muy bien! Yo lo transporto en un cesto de mimbre al Jardín Botánico con la complicidad de un conductor de taxi que, dicho sea entre nosotros, aceptó guardar silencio a cambio de cien francos; sinceramente, no lo encontré caro.

»Al día siguiente, se descubre el cadáver en el Jardín Botánico. ¿Se imagina usted la cara que debió de poner el asesino? ¿Se figura usted su pánico? ¿Y no hay posibilidades de que, desconcertado, cometa una imprudencia?

»Extremo la cautela hasta el punto de no presentarme a la policía local. No debe cometerse una sola indiscreción. Yo estaba en el Gai-Moulin. Según todas las probabilidades, el asesino también. Ahora bien, yo tengo la lista de los clientes de aquella noche y me informo sobre ellos, empezando por los dos jóvenes, que parecían muy nerviosos. El número de sospechosos es reducido: Jean Chabot, René Delfosse, Genaro, Adèle y Victor. En el peor de los casos, uno de los músicos o el segundo camarero, Joseph. Pero antes prefiero descartar a los jóvenes. En el momento en que intento cerciorarme de que puedo descartarlos, ¡interviene usted! ¡Detención de Chabot! ¡Huida de Delfosse! ¡Los periódicos anuncian que el asesinato se cometió en el Gai-Moulin! —Maigret lanzó un gran suspiro y cambió la posición de las piernas—. Por un instante, ¡creí que me la habían pegado! No me avergüenza confesárselo. Esa seguridad de Chabot al afirmar que el cadáver estaba en el local un cuarto de hora después del cierre...

—Sin embargo, ¡lo vio! —replicó el comisario Delvigne.

—Perdone. Vio vagamente, a la luz de un fósforo que sólo ardió unos segundos, una forma tendida en el suelo. Delfosse es el que afirma haber reconocido un cadáver «con un ojo abierto y el otro cerrado», como él dice. Pero no olvide que los dos salían de un sótano en el que habían estado largo rato inmóviles, y que tenían miedo, pues era su primer robo con fractura. Delfosse maquinó el robo. Arrastró a su compañero, ¡y fue el primero que tembló al ver un cuerpo en el suelo! ¡Un muchacho nervioso, enfermizo, vicioso! Dicho de otro modo, ¡un muchacho con imaginación! No tocó el cuerpo. No se acercó a él. No lo iluminó una segunda vez. Los dos salieron huyendo sin abrir la caja registradora.

»Por esa razón le aconsejé a usted que investigara lo que Graphopoulos había ido a hacer en el Gai-Moulin, después de fingir que salía de él. No nos encontramos ante un crimen pasional, un crimen escabroso o un robo de poca monta. Es exactamente el tipo de caso que la mayoría de las veces la policía no logra esclarecer, ¡porque se encuentra ante criminales demasiado inteligentes, demasiado bien organizados! Y por esa razón yo me dejé detener. ¡Para crear confusión, una vez más! ¡Para que los culpables creyeran que no corrían peligro, que la investigación se desviaba!

—Y, así, provocar una imprudencia, ¿no?

El comisario Delvigne no sabía aún qué pensar. Seguía mirando a su colega con resentimiento, y su expresión era tan graciosa que Maigret se echó a reír y dijo cordial pero bruscamente:

—¡Vamos, no me ponga mala cara! Hice trampa, desde luego. No le dije en seguida lo que sabía. O, mejor dicho, sólo le oculté una cosa: la historia del cesto de mimbre. En cambio, usted posee un elemento del que yo carezco.

—¿Cuál?

—Tal vez el más precioso en el momento actual. Tanto es así que, para conseguirlo, le he dicho todo lo anterior. El cesto fue hallado en el Jardín Botánico. Graphopoulos sólo llevaba encima una tarjeta de visita sin dirección. Y, sin embargo, esa misma tarde estaba usted en el Gai-Moulin y sabía ya que Chabot y Delfosse se habían ocultado en la escalera. ¿Gracias a quién?

El comisario Delvigne sonrió. Ahora le tocaba a él lucirse. En lugar de hablar en seguida, encendió lentamente la pipa y apelmazó el tabaco con la punta del índice.

—Naturalmente, tengo mis confidentes —empezó. Se tomó un poco más de tiempo, experimentó incluso la necesidad de remover algunos papeles—. Supongo que en París estarán ustedes organizados del mismo modo. En principio, todos los dueños de clubes nocturnos trabajan para mí como confidentes. A cambio de eso, hacemos la vista gorda con respecto a ciertas infracciones menores.

—O sea, que Genaro le informó.

—¡Exacto!

—¿Genaro vino a decirle que Graphopoulos había pasado la velada en su local?

—¡Eso es!

—¿Fue él quien descubrió las cenizas de cigarrillo en la escalera del sótano?

—No, Victor le indicó ese detalle, y Genaro me rogó que acudiera personalmente a verlas.

Maigret se enfurruñaba a medida que su colega recuperaba el optimismo.

—No pudimos ser más rápidos, ¡reconózcalo!

—prosiguió Delvigne—. Chabot fue detenido. Y, de no haber sido por la intervención de Monsieur Delfosse, los dos jóvenes estarían aún en prisión. Si ellos no cometieron el asesinato, cosa que aún no está demostrada, al menos intentaron robar en el local. —Observó a su interlocutor, y a duras penas contuvo una sonrisa irónica—. Vaya, eso parece desconcertarlo.

—¡Claro, porque eso no simplifica las cosas!

—¿Qué es lo que no simplifica las cosas? —inquirió Delvigne.

—La iniciativa de Genaro.

—Reconozca que usted sospechaba de él...

—No más que de los otros. Y su iniciativa, por lo demás, nada prueba. A lo sumo, indicaría que es muy listo.

—¿Quiere usted seguir en Saint-Léonard?

Maigret estaba jugando con la caja de fósforos. No se apresuró a responder. Cuando habló, pareció hacerlo para sus adentros.

—Graphopoulos vino a Lieja para matar a alguien o para que lo mataran...

—¡Eso no está probado!

Y Maigret, de repente, exclamó con rabia:

—¡Malditos muchachos!

—¿A quiénes se refiere?

—¡A esos chicos! ¡Ellos lo estropearon todo! A menos que...

—¿A menos que...?

153

—Nada, nada —contestó. Se levantó, airado, y se puso a recorrer el despacho, cuya atmósfera, debido a que los dos fumaban, se había hecho irrespirable.

—Si el cadáver hubiera permanecido en la habitación del hotel y se hubiesen podido realizar las comprobaciones habituales, tal vez habríamos... —empezó a decir el comisario Delvigne.

Maigret le lanzó una mirada feroz.

En realidad, los dos estaban tan malhumorados que sus relaciones se resentían. A la menor palabra, se aprestaban a intercambiar «amabilidades», y no estaban lejos de hacerse mutuamente responsables del fracaso de la investigación.

—¿No tiene usted tabaco?

Maigret se lo preguntó con el tono que hubiera utilizado para decirle: «¡Es usted un imbécil!».

Y tomó la petaca de manos de su colega y llenó su pipa.

—¡Eh! ¡Alto ahí! No se la guarde en el bolsillo, por favor.

No hizo falta más para relajar la tensión. Maigret miró la petaca y después a su interlocutor de bigote pelirrojo; en vano intentó contener una sonrisa y se encogió de hombros.

Delvigne sonrió también. Se entendían. Conservaban una expresión hosca sólo para guardar las formas.

El belga fue el primero en preguntar con voz delicada, que delataba su preocupación:

—¿Qué vamos a hacer ahora?

—¡Lo único que sé es que han asesinado Graphopoulos!

—¡En su habitación del hotel! —añadió Delvigne.

¡Esa fue la última indirecta!

—En su habitación del hotel, ¡sí! Y pudo hacerlo Genaro, Victor, Adèle o uno de los chicos. Ninguno tiene coartada. Genaro y Victor aseguran que se separaron en la esquina de la Rue Haute-Sauvenière y que cada uno se fue a su casa. Adèle afirma que se acostó sola. Chabot y Delfosse dicen que comieron mejillones y patatas fritas...

—... mientras usted recorría los clubes nocturnos...

—... y usted dormía.

El tono rayaba ahora en la broma.

—Lo seguro —masculló Maigret— es que Graphopoulos se dejó encerrar en el Gai-Moulin para robar algo o para matar a alguien. Cuando oyó ruido, se hizo el muerto, sin sospechar que lo estaría de verdad una hora después.

Se oyeron golpes apremiantes en la puerta, que se abrió. Entró un inspector y anunció:

—Es Monsieur Chabot; quiere hablar con usted. Pregunta si no le molesta...

Maigret y Delvigne se miraron.

—¡Hágalo entrar!

El contable estaba emocionado. No sabía qué hacer con su sombrero hongo y, al ver a Maigret en el despacho, vaciló.

—Le pido disculpas.

—¿Tiene usted algo que decirme?

Llegaba en mal momento. No estaban para cumplidos.

—Es que... Le pido perdón. Quisiera darle mis más sinceras gracias por...

—¿Ha llegado su hijo a casa?

—Sí, ha vuelto hace una hora. Me ha dicho...

—¿Qué le ha dicho?

Resultaba a un tiempo ridículo y lastimoso. Monsieur Chabot intentaba aparentar aplomo. Estaba lleno de buena voluntad. Pero las bruscas preguntas le desconcertaron y acabó por olvidar el discurso que había preparado: un pobre discurso emotivo que fracasó por culpa del tenso ambiente.

—Mi hijo me ha dicho... Bueno, en realidad, yo quería darles las gracias por su amabilidad. En el fondo no es un mal chico, pero las malas compañías y su débil carácter... Me ha jurado... Su madre está en cama, y él, a su cabecera, él... Le prometo, señor comisario, que en adelante no... Es inocente, ¿verdad? —Al contable se le quebró la voz. Pero se esforzaba por permanecer sereno y digno—. Es mi único hijo y quisiera... Tal vez yo haya sido demasiado indulgente...

—¡Demasiado indulgente, en efecto!

Monsieur Chabot perdió totalmente el aplomo. Maigret volvió la cabeza porque notó que ese hombre de cuarenta años, de hombros estrechos y bigotes rizados con tenacillas, estaba a punto de echarse a llorar.

—Le prometo que en el futuro... —Y, no sabiendo qué más decir, farfulló—: ¿Cree usted que debo escribir al juez de instrucción para darle las gracias?

—¡Pues claro! ¡Claro que sí! —gruñó el comisario Delvigne, al tiempo que lo empujaba hacia la puerta—. ¡Excelente idea!

Y recogió el sombrero hongo, pues a Monsieur Chabot se le había caído, y se lo puso en la mano. El hombre caminó varios pasos hacia atrás.

—¡A quien no se le ocurrirá darnos las gracias será al padre de Delfosse! —exclamó el comisario Delvigne una vez cerrada la puerta—. Cierto es que cena todas las semanas con el gobernador de la provincia y se tutea con el procurador del rey. ¡En fin! —Este «¡En fin!» lo pronunció cansado y hastiado, como el gesto con el que recogió todos los papeles dispersos por el escritorio—. ¿Qué hacemos ahora?

En ese momento, Adèle debía de dormir aún,

en su desordenada habitación, impregnada de olores a alcoba y cocina. En el Gai-Moulin, Victor y Joseph iban perezosamente de mesa en mesa limpiando los mármoles, fregando los espejos con blanco de España.

—Señor comisario, ha venido el redactor de la *Gazette de Liège*, al que usted ha prometido...

—¡Que espere!

Maigret, huraño, había ido a sentarse de nuevo en un rincón.

—De lo que no hay duda —afirmó de repente Delvigne— es de que Graphopoulos está muerto.

—No es mala idea —dijo Maigret.

El otro lo miró creyendo que se trataba de una ironía.

Y Maigret prosiguió:

—¡Ya está! Eso es lo mejor que se puede hacer ahora. ¿Cuántos inspectores hay aquí en este momento?

—Dos o tres. ¿Por qué?

—¿Se puede cerrar con llave este despacho?

—¡Naturalmente!

—Supongo que se fiará usted más de sus inspectores que de los guardias de la prisión, ¿no?

El comisario Delvigne seguía sin comprender nada.

—Bien. Déme su revólver. No tenga miedo. Voy a disparar. Poco después, usted saldrá y anunciará que el hombre de las espaldas anchas se ha suicidado, lo que constituye una confesión, y que da por concluida la investigación.

—¿Quiere usted...?

—Tenga cuidado, voy a disparar. Sobre todo, impida que después vengan a molestarme. En caso necesario, ¿se puede salir por esta ventana?

—¿Qué quiere hacer?

—Se me ha ocurrido una idea. ¿Entendido?

Y Maigret disparó al aire, después de haberse sentado en un sillón, de espaldas a la puerta. Ni siquiera se le ocurrió quitarse la pipa de la boca. Pero eso no tenía importancia. Cuando acudieron de los despachos contiguos, el comisario Delvigne se interpuso y murmuró sin convicción:

—No es nada. El asesino se ha suicidado. Ha confesado.

Salió y cerró la puerta con llave, mientras Maigret se acariciaba los cabellos a contrapelo con una expresión de lo más alegre.

—Adèle, Genaro, Victor, Delfosse y Chabot —recitó, como una letanía.

En el despacho de los inspectores, el reportero de la *Gazette de Liège* tomaba notas.

—¿Dice usted que el hombre lo ha confesado todo? ¿Y no se ha podido esclarecer su identidad?... ¡Perfecto! ¿Puedo utilizar su teléfono? Dentro de una hora, sale la edición de la *Gazette*.

—¡Mire! —gritó, en tono triunfante, un inspector desde la puerta—. ¡Han llegado las pipas! Cuando quiera, puede venir a elegir las suyas.

Pero el comisario Delvigne se tiraba del bigote sin entusiasmo.

—Luego.

—¡Fíjese! Resultan dos francos más baratas de lo que yo pensaba.

—¿De veras? —Y reveló su verdadera preocupación al mascullar entre dientes—: Con su mafia...

Dos hombres en la oscuridad

—¿Confía usted en sus hombres?

—En todo caso, nadie adivinará que pertenecen a la policía, por la poderosa razón de que no son policías. En el bar del Gai-Moulin he colocado a mi cuñado, que vive en Spa y ha venido a pasar dos días a Lieja. A Adèle la vigila un funcionario de Hacienda. Los otros están bien escondidos o camuflados.

La noche era fresca y el asfalto estaba resbaladizo debido a una lluvia fina. Maigret se había abrochado su pesado abrigo negro hasta el cuello y una bufanda le ocultaba la mitad del rostro.

No se aventuraba a abandonar la oscuridad de la callejuela, desde donde se divisaba a lo lejos el rótulo luminoso del Gai-Moulin.

El comisario Delvigne, cuya muerte no habían tenido que anunciar los periódicos, no necesitaba tomar tantas precauciones. Ni siquiera llevaba abrigo y, cuando empezó a caer la lluvia, soltó algunas quejas.

La guardia había comenzado a las ocho y media, momento en que las puertas del club nocturno aún no estaban abiertas. Sucesivamente, se había visto llegar a Victor, el primero de todos, después a Joseph y luego al dueño. Este había encendido el rótulo luminoso cuando vio que los músicos llegaban, procedentes de la Rue du Pont-d'Avroy.

A las nueve en punto se oyó el rumor confuso de la orquesta y un empleado ocupó su puesto en la puerta, al tiempo que contaba las monedas que llevaba en los bolsillos.

Al cabo de unos minutos entró en el club nocturno el cuñado de Delvigne, seguido poco después por el empleado de Hacienda. El comisario Delvigne resumía así la situación estratégica:

—Además de esos dos, y de los dos agentes apostados en la callejuela para vigilar la otra salida, hay un hombre ante el domicilio de Adèle, en la Rue de la Régence, otro en la puerta de los Delfosse y otro en la de los Chabot. Por último, un agente vigila la habitación que Graphopoulos ocupaba en el Hôtel Moderne.

Maigret no dijo nada. La idea era suya. Los periódicos habían informado sobre el suicidio del asesino de Graphopoulos. Daban a entender que había concluido la investigación y que el caso se reducía a proporciones poco importantes.

«Ahora, o solucionamos el caso esta noche», había dicho a su colega, «o no hay razón para que nos atasquemos en él durante meses.»

Y caminaba, lento y pesado, calle arriba y calle abajo, dando pequeñas bocanadas a la pipa, arqueando la espalda y respondiendo sólo con gruñidos a los intentos de conversación de su colega.

El comisario Delvigne, que no tenía su flema, sentía la necesidad de hablar, aunque sólo fuera para matar el tiempo.

—¿Por dónde cree usted que ocurrirá algo?

Pero el otro se contentaba con clavarle una mirada asombrada que parecía decir: «¿Qué gana usted con gastar tanta saliva?».

Eran poco menos de las diez cuando llegó Adèle, seguida a distancia por una silueta, la de un hombre de la Sûreté, que pasó junto a su jefe y lanzó al vuelo: «Nada», y siguió paseándose por los alrededores.

A lo lejos se veía la Rue du Pont-d'Avroy, muy iluminada, con tranvías que pasaban casi cada tres minutos y la multitud que transitaba despacio, pese a la lluvia.

Es el paseo tradicional de los liejenses. En la gran arteria se concentra la muchedumbre: familias, muchachas cogidas del brazo, pandillas de chicos que miran con descaro a las chicas que pasan, y hombres elegantes que caminan a pasos lentos, tan envarados como si fueran vestidos de oro.

En las callejuelas transversales están los clubes nocturnos más o menos equívocos, como el Gai-Moulin. Pegadas a las paredes, sombras. A veces una mujer se aparta de la luz, penetra en la oscuridad y se detiene a esperar a un hombre que la sigue.

Breve conciliábulo. Pasos hacia un hotel señalado por una bola luminosa de cristal esmerilado.

—¿De verdad cree usted que todo saldrá bien?

Maigret se limitó a encogerse de hombros. Y su mirada era tan plácida que parecía carente de inteligencia.

—En todo caso, no creo que a Chabot le dé por salir esta noche. ¡Sobre todo porque su madre está en la cama!

El comisario Delvigne no aceptaba ese silencio obstinado. Miró su nueva pipa, que aún no estaba curada.

—Por cierto, recuérdeme mañana que debo darle una. Así tendrá un recuerdo de Lieja.

Entraron dos clientes en el Gai-Moulin.

—Un sastre de la Rue Hors-Château y un mecánico —anunció el comisario Delvigne—. Asiduos los dos. Unos juerguistas, como dicen aquí.

Pero alguien salió, y hubo que observarlo con atención para reconocerlo. Era Victor, que había cambiado su ropa de trabajo por un traje de calle y un abrigo. Caminaba rápido. Al instante, un inspector le siguió los pasos.

—¡Vaya, vaya! —dijo en tono cantarín el comisario Delvigne.

Maigret lanzó un gran suspiro y echó una mirada asesina a su compañero. ¿No podía callarse el belga siquiera por unos minutos?

Maigret tenía las manos metidas en los bolsillos. Y, sin notarse que espiara, su mirada captaba los menores cambios en el entorno.

Fue el primero en divisar a René Delfosse, con su delgado cuello y la silueta de un adolescente que ha crecido demasiado rápido. El chico enfiló la calle, titubeante, cambió dos veces de acera y se encaminó por fin hacia la puerta del Gai-Moulin.

—¡Vaya, vaya! —repitió el comisario Delvigne.

—¡Sí!

—¿Qué quiere usted decir?

—¡Nada!

Aunque, en efecto, Maigret no quería decir nada, tenía tanta curiosidad que perdió un poco de su flema. Se adelantó, mostrando cierta imprudencia, pues una farola de gas le iluminó vagamente la parte superior del rostro. La espera no duró mucho. Delfosse permaneció apenas diez minutos en el club. Cuando salió, caminaba aprisa y se dirigió sin vacilar hacia la Rue du Pont-d'Avroy.

Segundos después, el cuñado de Delvigne salió a su vez y buscó a alguien con los ojos. Tuvieron que silbar flojito para llamarlo.

—¿Y bien?

—Delfosse se ha sentado a la mesa de la bailarina.

—¿Y qué más?

—Han ido juntos al lavabo y después él ha salido, mientras ella volvía a su mesa.

—¿Llevaba Adèle el bolso en las manos?

—Sí. Un bolsito de terciopelo negro.

—¡Vamos! —dijo Maigret.

Y echó a andar tan aprisa que a sus compañeros les costó seguirlo.

—¿Qué hago? —preguntó el cuñado.

Maigret se llevaba al comisario Delvigne consigo.

—Regrese al local, naturalmente.

Al llegar a la Rue du Pont-d'Avroy no lograron distinguir al joven, que les llevaba unos cien metros de ventaja, pues la multitud era densa. Pero desde la esquina de la Rue de la Régence vieron una silueta que corría casi pegada a las casas.

—¡Vaya, vaya! —no pudo por menos que mascullar una vez más el comisario Delvigne.

—Va a casa de Adèle, sí —precisó Maigret—. Antes le ha pedido la llave.

—¿Lo que significa...?

Delfosse entró en el edificio, cerró la puerta principal, y debió de subir la escalera.

—¿Qué hacemos?

—Un instante. ¿Dónde está el agente?

Precisamente, éste se aproximaba preguntándose si debía acercarse a su jefe o debía fingir no reconocerlo.

—¡Ven, Girard! ¿Qué ha ocurrido por aquí?

—Alguien ha entrado en la casa hace cinco minutos. He visto luces en la habitación, como si alguien se paseara por ella con una linterna.

—¡Vamos! —dijo Maigret.

—¿Entramos?

—¡Pues claro!

Para abrir la puerta principal, común a todos los inquilinos, bastaba con girar el pomo, porque las casas belgas no tienen portería.

La escalera no estaba iluminada. De la habitación de Adèle no se filtraba ninguna luz.

En cambio, en cuanto Maigret rozó la puerta, ésta se entreabrió y se oyó un rumor confuso, como si dos hombres se pelearan en el suelo.

El comisario Delvigne había sacado el revólver del bolsillo; Maigret, con un gesto automático, palpó la pared, a su izquierda, y dio el interruptor.

Al encenderse la luz, vieron un espectáculo a la vez cómico y trágico.

Dos hombres estaban muy ocupados peleándose. Pero la luz los sorprendió al mismo tiempo que el ruido y se inmovilizaron, aún enlazados. Se veía una mano en una garganta y unos cabellos grises enmarañados.

—¡No se muevan! —ordenó el comisario Delvigne—. ¡Arriba las manos!

Cerró la puerta tras de sí, sin soltar el revólver. Y Maigret, dando un suspiro de alivio, se quitó la bufanda, se desabrochó el abrigo y aspiró una gran bocanada de aire, como quien ha pasado mucho calor.

—¡Más rápido! ¡Arriba las manos!

René Delfosse cayó al intentar alzarse, pues tenía la pierna derecha atrapada bajo la de Victor.

La mirada del comisario Delvigne pareció pedir consejo. Delfosse y el camarero estaban de pie, pálidos, agotados, desaliñados.

De los dos, el joven era el más alterado, el más descompuesto, y no parecía comprender nada de cuanto ocurría. Más aún: miraba a Victor con estupor, como si no hubiera esperado en absoluto encontrarlo allí.

¿Con quién creía pelearse, entonces?

—¡Quédense quietos, chicos! —ordenó Maigret, decidiéndose por fin a hablar—. ¿Está bien cerrada la puerta, comisario?

Se acercó a éste y le dijo unas palabras en voz baja. Y el comisario Delvigne, por la ventana, hizo señas al inspector Girard para que subiera y lo esperara en el rellano.

—Coloque alrededor del Gai-Moulin a todos los hombres que pueda encontrar —ordenó a Girard—. ¡Que no salga nadie! En cambio, deje entrar a todo el que quiera.

Regresó a la habitación, donde una colcha

blanca que recordaba a la nata batida cubría la cama.

Víctor seguía sin rechistar. Tenía auténtica cara de camarero, como suelen dibujarlos los caricaturistas: cabellos escasos, habitualmente peinados sobre una calvicie pero ahora desgreñados, facciones fofas y grandes ojos legañosos.

Tenía los hombros ladeados, como para exponer menos el cuerpo, y habría sido difícil determinar qué acechaba su mirada oblicua.

—Esta no es su primera detención, ¿eh? —le soltó Maigret, sin miedo a equivocarse.

Estaba seguro de ello. Se veía al primer vistazo. Se notaba que llevaba mucho tiempo esperando a encontrarse frente a frente con la policía y que, además, estaba acostumbrado a esa clase de encuentros.

—No comprendo qué quiere usted decir. Adèle me pidió que viniera aquí para recogerle una cosa.

—Su lápiz de labios, ¿no?

—Pero oí un ruido, alguien entró...

—¡Y usted le saltó encima! Dicho de otro modo, buscaba usted el lápiz de labios en la oscuridad. ¡Atención! Manos arriba, por favor.

Los dos hombres levantaron hacia el techo unos brazos fláccidos. A Delfosse le temblaban las manos. Sin atreverse a bajar un brazo, intentaba enjugarse el rostro con la manga.

169

—Y a usted, ¿qué le ha encargado Adèle venir a buscar?

Los dientes del joven crujieron, pero no pudo responder nada.

—¿Los vigila usted, Delvigne?

Y Maigret recorrió el cuarto; en la mesilla de noche había restos de una chuleta en un plato, migas de pan, un vaso y un botellín de cerveza semivacío. Se inclinó para mirar bajo la cama, se encogió de hombros y abrió un armario en el que sólo encontró vestidos, ropa interior y zapatos viejos de tacones desgastados.

Entonces se fijó en una silla colocada junto al armario; se subió, pasó la mano por encima del mueble y sacó una cartera para documentos de cuero negro.

—¡Aquí está! —dijo, al tiempo que bajaba de la silla—. ¿Es el lápiz de labios, Victor?

—No sé a qué se refiere.

—En fin, ¿venía usted a buscar este objeto?

—Nunca he visto esa cartera.

—¡Peor para usted! ¿Y usted, Delfosse?

—Yo... le juro...

Olvidando que lo apuntaba un revólver, se echó en la cama y estalló en sollozos convulsivos.

—Así pues, mi querido Victor, ¿no quiere decir nada? ¿Ni siquiera por qué se peleaba usted con este joven? —preguntó Maigret, y dejó en el suelo el plato sucio, el vaso y el botellín que estaban sobre la mesilla de noche, puso en su lugar la cartera y la abrió.

—¡Papeles que no son asunto nuestro, Delvigne! Habrá que entregar todo este material a la Sección Segunda. ¡Vaya! Aquí está el proyecto de una nueva ametralladora de la fábrica nacional de Herstal. En cuanto a esto, parecen los planos de reestructuración de una fortaleza. ¡Hum, hum! Cartas en lenguaje cifrado, que deberán estudiar los especialistas.

En la estufa, sobre una rejilla, chisporroteaban los restos de un fuego de carbón. De repente, en el momento en que menos se lo esperaban, Victor se precipitó hacia la mesilla de noche y agarró los documentos.

Maigret debió de prever ese gesto, pues a diferencia del comisario Delvigne, que no se atrevía a disparar, le propinó un puñetazo en pleno rostro. Victor se tambaleó y no tuvo tiempo de arrojar los documentos a la estufa.

Los papeles se desparramaron por el suelo. Victor, con las dos manos, se tocaba la mejilla izquierda, bruscamente enrojecida.

Todo ocurrió muy aprisa. Sin embargo, Delfosse estuvo a punto de aprovechar ese instante de confusión para escapar. En un abrir y cerrar de ojos, saltó de la cama e iba a pasar por detrás del comisario Delvigne, cuando éste lo advirtió y lo detuvo poniéndole la zancadilla.

—Y ahora, ¿qué? —preguntó Maigret a Victor.

—Aun así, no diré nada —gruñó el aludido, enfadado.

—¿Te he preguntado yo algo?

—Yo no maté a Graphopoulos.

—¿Y qué?

—¡Es usted un bruto! Mi abogado...

—¡Vaya, vaya! ¿Ya tienes abogado?

El comisario Delvigne, por su parte, observaba a Delfosse; siguió la dirección de su mirada y comprendió que al joven aún le preocupaba la parte superior del armario.

—Creo que hay algo más —dijo.

—Es probable —respondió Maigret, y volvió a subirse a la silla.

Tuvo que palpar largo rato. Por fin sacó un billetero de cuero azul y lo abrió.

—¡El billetero de Graphopoulos! —anunció—. Treinta billetes de mil francos franceses, papeles, una dirección en un trozo de papel: «Gai-Moulin, Rue du Pot-d'Or». Y con otra grafía: «Nadie duerme en el inmueble».

Maigret se había olvidado de todos los presentes. Absorto, examinaba una de las cartas escritas en lenguaje cifrado y contaba ciertos signos.

—Uno, dos, tres..., once, ¡doce! Una palabra de doce letras: es decir: Graphopoulos. Está en la cartera de documentos...

Se oyeron pasos en la escalera, llamadas nerviosas en la puerta. Apareció el inspector Girard, muy excitado.

—El Gai-Moulin está rodeado. Nadie puede salir. Pero hace unos instantes llegó Monsieur Delfosse preguntando por su hijo. Después, tras hablar a solas con Adèle, se marchó. Me pareció oportuno dejarlo salir y seguirlo. Cuando vi que se dirigía hacia aquí, me adelanté y..., ¡escuche!, ahora sube por la escalera.

En efecto, alguien tropezó, caminó por el rellano palpando las puertas y por fin llamó.

Abrió el propio Maigret y se inclinó ante el hombre de bigote gris, que le lanzó una mirada altiva.

—¿Está aquí mi hijo? —Al verlo, en postura lastimosa, chasqueó con los dedos y exclamó—: ¡Vamos! ¡A casa!

Poco faltó para que la situación degenerara. René miraba a todos con espanto, se aferraba a la colcha, hacía rechinar los dientes con fuerza.

—¡Un instante! —intervino Maigret—. ¿Quiere usted sentarse, Monsieur Delfosse?

El aludido miró a su alrededor con cierta repugnancia.

—¿Tiene usted que hablar conmigo? ¿Quién es usted?

—¡Eso poco importa! El comisario Delvigne se lo dirá en su momento. Cuando su hijo volvió a casa, ¿se enfadó usted con él?

173

—Lo encerré en su cuarto y le dije que esperara mi decisión.

—¿Y cuál era esa decisión?

—Todavía no lo sé. Seguramente, enviarlo al extranjero a hacer prácticas en un banco o una casa comercial. Ya es hora de que aprenda a vivir.

—No, Monsieur Delfosse.

—¿Qué quiere usted decir?

—Simplemente, que es demasiado tarde. El miércoles por la noche su hijo mató al señor Graphopoulos para robarle.

Maigret detuvo con la mano el bastón con empuñadura de oro que iba a caer sobre él. Y, con mano firme, lo giró de tal modo que su dueño se vio obligado a soltarlo dando un suspiro de dolor. Maigret examinó tranquilamente el bastón, lo sopesó y añadió:

—¡Y estoy casi seguro de que el asesinato se cometió con este bastón!

René, con la boca abierta por un espasmo, intentaba gritar y, sin embargo, no emitía sonido alguno. Ya no era sino un manojo de nervios, un lastimoso muchacho amordazado por el miedo.

—¡Espero sus explicaciones! —le espetó a Maigret, no obstante, Monsieur Delfosse—. Y usted, querido Delvigne, créame que transmitiré a mi amigo el procurador...

Maigret se volvió hacia el inspector Girard.

—Tome un coche y vaya a buscar a Adèle. Traiga también a Genaro.

—Creo que... —empezó a decir el comisario Delvigne mientras se acercaba a Maigret.

—¡Sí! ¡Sí! —dijo éste, tranquilizándolo como a un niño.

Y se puso a andar por la habitación. Caminó sin cesar durante los siete minutos que tardaron en cumplir su orden.

Se oyó el ronroneo de un motor, pasos en la escalera. La voz de Genaro que protestaba:

—Tendrán que vérselas con mi cónsul. ¡Esto es inaudito! Regento un establecimiento autorizado que... ¡Precisamente cuando había cincuenta clientes en mi local!

Al entrar, dirigió a Victor una mirada interrogante.

Victor estuvo magnífico.

—Nos han pillado —dijo éste con simpleza.

La bailarina, por su parte, semidesnuda bajo el vestido que resaltaba sus formas, contempló su pisito y bajó los hombros con fatalismo.

—Limítese a responder a mi pregunta: ¿le pidió Graphopoulos, durante la velada, que fuera usted a reunirse con él en su habitación?

—¡No fui!

—Así pues, él se lo pidió. Y le dijo que se alojaba en el Hôtel Moderne, habitación dieciocho.

Ella bajó la cabeza.

—Chabot y Delfosse, instalados a una mesa próxima, pudieron oírles. ¿A qué hora llegó aquí Delfosse?

—¡Yo estaba dormida! Tal vez fueran las cinco de la mañana.

—¿Qué dijo?

—Me propuso que me fuera con él. Planeaba irse en barco a Estados Unidos. Me dijo que era rico.

—¿Se negó usted?

—Estaba muy dormida y le dije que se acostara. Pero él no quiso. Entonces, al verlo tan nervioso, le pregunté si se había metido en algún lío.

—¿Qué respondió?

—¡Me suplicó que ocultara un billetero en mi habitación!

—Y usted le indicó el armario, donde ya había una cartera con documentos, ¿es cierto?

Ella se encogió otra vez de hombros y suspiró:

—Peor para ellos.

—Conteste, ¿es cierto?

No hubo respuesta. Monsieur Delfosse fulminó a los presentes con una mirada de desafío.

—Me gustaría saber... —empezó a decir.

—En seguida lo sabrá usted todo, Monsieur Delfosse. Sólo le pido un instante de paciencia.

¡Era para llenar una pipa!

El principiante

—Hablemos primero de París. Graphopoulos acaba de pedir la protección de la policía y, al día siguiente, intenta despistar al inspector encargado de protegerlo. ¿Recuerda lo que le dije, Delvigne, acerca de esas historias de mafia y espionaje? Pues bien, se trata de un caso de espionaje. Graphopoulos es rico, y está tan aburrido que no sabe qué hacer. Como a muchas personas de su clase, le tienta la aventura. Durante sus viajes conoce a un agente secreto al que confía sus deseos de llevar también él una vida llena de imprevistos y misterios.

»¡Agente secreto! ¡Dos palabras que hacen soñar a tantos imbéciles! Se imaginan que ese oficio consiste en... Bueno, eso poco importa. Graphopoulos se obstina. El agente al que se dirige no puede rechazar una oferta que puede resultar interesante. Ahora bien, mucha gente ignora que antes de convertirse en espía uno debe someterse a ciertas pruebas. Graphopoulos es inteligente, tiene fortuna, viaja. Ahora se trata de averiguar si tiene sangre fría y discreción.

»Le asignan una primera misión: dirigirse a Lieja y robar unos documentos que se hallan en

177

un club nocturno; de este modo, comprobarán si tiene la suficiente sangre fría. La misión es falsa. Lo envían simplemente a casa de otros agentes de la misma organización, que juzgarán las cualidades de nuestro hombre. ¡Y Graphopoulos se asusta! ¡Imaginaba el espionaje de otro modo! El ya se veía en palacios, interrogando a embajadores o invitado en las pequeñas cortes de Europa. No se atreve a negarse, pero pide a la policía que lo proteja. Avisa a su superior de que lo siguen.

»"¡Un inspector me pisa los talones! Supongo que, en ese caso, no debo ir a Lieja." "¡Vaya de todos modos!", le contestan.

»El hombre pierde la cabeza. Intenta escapar a la vigilancia que él mismo ha pedido. Reserva una plaza en el avión de Londres, compra un billete de tren para Berlín, se apea en la Gare des Guillemins. ¡El Gai-Moulin! Ahí debe actuar. Ignora que el dueño pertenece a la organización, que está avisado, que su misión es una simple prueba y que, además, en el club no hay un solo documento que robar. Una bailarina se sienta a su mesa. El griego la cita para más tarde en su habitación, pues, ante todo, es un vividor. Como ocurre casi siempre, el riesgo excita su sensualidad; y, en fin, ¡así no estará solo! Le deja, a cuenta, su pitillera, que ella ha admirado... Observa a la gente. No sabe nada. O, mejor dicho, sólo sabe una cosa: que dentro de un rato deberá arreglárselas para quedarse encerrado en el local y buscar los documentos que le han pedido. Genaro, avisado, lo observa sonriendo. Victor, *también de la organización*, se muestra obsequioso e irónico al servirle el *champagne*. Alguien, por azar, ha oído la dirección que ha dado a Adèle: "Hôtel Moderne, habitación dieciocho".

»¡Y ahora tenemos que pasar a otra historia! —Maigret miró a Monsieur Delfosse, y sólo a él—. Le ruego me disculpe que hable sobre usted. Es usted rico, tiene una esposa, un hijo y amantes. Lleva una vida alegre, sin sospechar que el muchacho, enfermizo, demasiado nervioso, intenta, en su pequeña esfera, imitarlo. Ve que a su alrededor se gasta dinero en abundancia. Usted le da demasiado y no lo suficiente a un tiempo. Hace años que le roba a usted, ¡e incluso a sus tíos! En su ausencia, se pasea con su coche. También tiene amantes. En suma, es, en la acepción estricta de la expresión, un hijo de papá degenerado.

»¡No! No proteste. Espere. Su hijo necesita un amigo, un confidente, y arrastra tras él a Chabot. Un día se quedan sin un céntimo, deben dinero en todas partes, y deciden llevarse la caja del Gai-Moulin. Es la noche de Graphopoulos. Delfosse y Chabot han simulado que se marchaban, pero en realidad se han escondido en la escalera del sótano, cuando... ¿Lo ignora Genaro? Poco importa, pero ¡lo dudo!

»Genaro es un ejemplo de buen agente secreto. Regenta un club nocturno cuyos papeles están en regla. ¡Tiene sus propios agentes, que trabajan para él! Se siente seguro porque, además, hace de confidente para la policía. Y sabe que Graphopoulos va a ocultarse en su local. Cierra las puertas. Se va con Victor. Al día siguiente, le bastará dirigir un informe a sus jefes sobre el comportamiento del griego.

»Como ven, es bastante complicado. Podríamos llamar aquella noche la "noche de los engaños". Graphopoulos ha bebido *champagne* para infundirse valor. Ahí lo tenemos, solo en la oscuridad del Gai-Moulin. Unicamente le falta buscar los documentos que le han exigido. Pero aún no se ha movido cuando se abre una puerta. Se oye el chasquido de un fósforo. Se asusta. ¿No estaba ya asustado de antemano? Carece de valor para atacar y decide hacerse el muerto. Ve a sus enemigos: ¡dos jóvenes que tienen más miedo que él y que escapan!

Nadie se movía. Nadie parecía respirar. Los rostros estaban tensos, y Maigret continuó, plácido:

—Graphopoulos, que se ha quedado solo, busca con empeño los documentos, tal como sus nuevos jefes le han encargado. Chabot y Delfosse, muy alterados, se van a comer mejillones y patatas fritas y se separan en la calle. Pero un recuerdo obsesiona a Delfosse: "Hôtel Moderne, habitación dieciocho", las palabras que ha oído. El extranjero parecía rico... y él tiene una necesidad enfermiza de dinero. Entrar en un hotel, por la noche, es cosa de niños. La llave de la habitación debe de estar en el tablero. ¡Y Graphopoulos está muerto! ¡No puede regresar a su habitación! Se dirige al hotel. Al portero, adormilado, no se le ocurre interrogarlo. Llega arriba y registra el maletín del viajero. Oye pasos en el pasillo. Se abre la puerta...

»¡El propio Graphopoulos! ¡Graphopoulos, al que suponía muerto! Delfosse siente tal miedo que, sin reflexionar, golpea al griego con todas sus fuerzas, en la oscuridad, con un bastón, el bastón con empuñadura de oro de su padre, que se ha llevado esa noche, como suele hacer. Está fuera de sí, es casi irresponsable de sus actos. Se apodera del billetero y escapa. Tal vez se asegure del contenido bajo una farola. Advierte que hay decenas de miles de francos y se le ocurre la idea de marcharse con Adèle, a la que siempre ha deseado. ¡Va a pegarse la gran vida en el extranjero! ¡La gran vida, con una mujer! ¡Como un hombre de verdad! ¡Como su padre!

»Pero Adèle está dormida. Adèle no quiere marcharse. René oculta el billetero en casa de ella porque tiene miedo. No sospecha que en el mismo lugar, desde hace meses, seguramente desde hace años, Genaro y Victor guardan a buen recaudo los documentos del servicio de espionaje. ¡Pues ella forma parte de la organización! ¡Todos forman parte! Delfosse se ha quedado sólo con los billetes belgas, dos mil francos, más o menos. El resto, es decir, el dinero francés, es demasiado comprometedor.

»Al día siguiente lee los periódicos. La víctima, *su* víctima, ha sido descubierta, no en el hotel, sino en el Jardín Botánico. Ya no comprende nada. Vive en estado febril. Va a buscar a Chabot y se lo lleva consigo. Finge robar a su tío para explicar la procedencia de los dos mil francos que lleva encima. Hay que deshacerse de ese dinero. Encarga de ello a Chabot. Delfosse es cobarde; peor que cobarde: su caso entra dentro de lo patológico. En el interior de sí mismo, siente rencor hacia su amigo por no compartir su culpabilidad. Quisiera comprometerlo, sin atreverse a hacer nada concreto para ello. ¿Acaso no ha sentido siempre rencor hacia él? Una envidia y un odio bastante complejos. Chabot está limpio o, al menos, lo estaba. Y él se siente presa de muchos deseos turbios. Esto explica esa amistad extraña y la necesidad que Delfosse ha tenido siempre de ir acompañado de su amigo. Suele ir a buscarlo a su casa, no puede quedarse solo. E implica al otro en sus comprometedores actos, en sus pequeños robos familiares que la justicia, según él, no es quién para juzgar.

»Chabot no vuelve del lavabo. Lo han detenido. René no se lanza en su búsqueda. Bebe, y necesita a alguien con quien beber. No puede soportar la soledad. Borracho, acompaña a la bailarina a su casa y allí se queda dormido. Al despertarse, por la mañana, su situación lo aterra. Seguramente ve al inspector apostado en la calle. No se atreve a tocar el dinero de Graphopoulos, que está sobre el armario, porque sólo quedan billetes franceses, demasiado fáciles de identificar, y prefiere robar a su compañera. ¿Qué espera? ¡Nada! Cuanto haga en adelante obedecerá a la consecuencia lógica de las cosas. Adivina confusamente que no logrará escapar a la justicia. Por otra parte, no se atreve a entregarse.

»¡Pregunte al comisario Delvigne dónde va la policía a buscar a los malhechores de esa clase y dónde los encuentra nueve de cada diez veces! En los lugares de mala reputación. Delfosse necesita bebida, ruido, mujeres. Entra en algún local cerca de la estación; quiere llevarse a una camarera pero, al no conseguirlo, sale en busca de una chica por la calle. Invita a beber, enseña sus billetes, los malgasta. Está frenético. Cuando lo detienen, miente, ¡de forma enfermiza! ¡Miente sin esperanza! Miente por mentir, como ciertos niños perversos. Está dispuesto a contar cualquier cosa, a dar detalles. Y ése es también un rasgo de su carácter que basta para clasificarlo. Pero le dicen que han detenido al asesino. ¡Soy yo! Lo ponen en libertad y, poco después, se entera de que el asesino, después de confesar, se ha suicidado. ¿Adivina la trampa? Vagamente. Algo lo impulsa, en todo caso, a suprimir las pruebas de su culpabilidad.

»Y por esa razón yo he representado esta comedia, que ha podido parecer infantil. Había dos medios de provocar la confesión de Delfosse: el que he empleado o, si no, dejarlo solo durante horas, en la oscuridad, que le da tanto miedo como la soledad. Se habría echado a temblar. Habría confesado todo lo que se hubiera querido, incluso más que la verdad.

»Yo estaba convencido de su culpabilidad desde el momento en que se demostró que los dos mil francos no procedían de la chocolatería. Desde entonces, todos sus actos y gestos no hicieron sino reforzar mi opinión. En resumen, se trata de un caso trivial, pese a su morbidez y complejidad aparentes. Pero me faltaba comprender algo: el otro caso, el caso Graphopoulos. Por consiguiente, quedaban también por descubrir otros culpables. El anuncio de la muerte del asesino, de mi muerte, los hizo salir a todos del escondrijo. Delfosse ha venido a buscar el billetero comprometedor; Victor ha venido a buscar... —Lentamente, Maigret recorrió a los presentes con la mirada—. Adèle, ¿cuánto hace que Genaro utiliza su vivienda para ocultar sus peligrosos documentos?

Ella se encogió de hombros con indiferencia, como quien espera una catástrofe desde hace mucho.

—¡Muchos años! El fue quien me hizo venir de París, donde me moría de hambre.

—¿Confiesa usted, Genaro?

—Sólo declararé en presencia de mi abogado.

—¿Usted también? ¿Como Victor?

Entretanto, Monsieur Delfosse permanecía en silencio, con la cabeza baja y la mirada clavada en su bastón, el bastón con el que habían asesinado a Graphopoulos.

—Mi hijo no es responsable —murmuró de repente.

—¡Ya lo sé! —Y, como el otro lo miraba turbado y molesto a un tiempo, Maigret añadió—: Usted alegará que su hijo ha heredado de usted ciertos defectos que podrían atenuar su responsabilidad, ¿no es así?

—¿Quién se lo ha dicho?

—¡Basta con que se mire usted su cara y la de su hijo en el espejo!

¡Eso fue todo! Tres meses después, Maigret estaba en su casa, en el Boulevard Richard-Lenoir de

París, y abría el correo que la portera acababa de subir.

—¿Cartas interesantes? —preguntó Madame Maigret mientras sacudía una alfombra en la ventana.

—Una carta de tu hermana; anuncia que va a tener un niño.

—¡Vaya!, ¿otro?

—Una carta de Bélgica.

—¿Qué dice?

—Nada especial. Un amigo, el comisario Delvigne, me envía una pipa por paquete postal y me anuncia unas condenas. —Leyó a media voz—: «... Genaro, a cinco años de trabajos forzados; Victor, a tres años; y Adèle, absuelta por falta de pruebas».

—¿Quiénes son ésos? —dijo Madame Maigret, pues aunque era la esposa de un comisario de la Policía Judicial, conservaba todo el candor de una auténtica hija de campesinos franceses.

—¡Bah!, tipos que regentaban un club nocturno en Lieja, un local con apenas clientes, pero en el que se dedicaban al espionaje.

—¿Y Adèle?

—La bailarina del local. Como todas las bailarinas...

—¿La conociste? —preguntó Madame Maigret, de pronto celosa.

—Fui a su casa una vez.

—¡Vaya, vaya!

—¡Mira por dónde, acabas de emplear una expresión del comisario Delvigne! Sí, fui a su casa, pero en compañía de media docena de personas.

—¿Es guapa?

—No está mal. Dos chicos andaban locos por ella.

—¿Sólo dos chicos?

Maigret abrió otro sobre con sello belga.

—Aquí tienes precisamente la fotografía de uno de ellos —dijo.

Y le entregó el retrato de un joven cuyos estrechos hombros parecían aún más estrechos debido al uniforme. Al fondo se veía la chimenea de un transatlántico.

«... y me permito enviarle la foto de mi hijo, que ha abandonado Amberes esta semana a bordo del *Elisabethville* con destino al Congo. Espero que la dura vida de las colonias...»

—¿Quién es?

—¡Uno de los chicos que se enamoraron de Adèle!

—¿Hizo algo?

—Bebió unas copas de oporto en un club nocturno, donde nunca debió poner los pies.

—¿Llegó a ser amante de la bailarina?

—¡En absoluto! Como mucho, una vez la contempló mientras se vestía.

Al oír eso, Madame Maigret concluyó:

—¡Todos los hombres sois iguales!

Debajo del montón de cartas, había una esquela ribeteada de negro que Maigret no enseñó:

«En el día de hoy, ha fallecido en la clínica Sainte-Rosalie, a los dieciocho años de edad, René-Joseph-Arthur Delfosse, tras recibir los sacramentos de...».

La clínica Sainte-Rosalie de Lieja es el sanatorio para enfermos mentales de familia rica.

En la parte baja de la hoja, se leían tres palabras: «Rezad por él».

Y Maigret recordó a Monsieur Delfosse, con su esposa, su fábrica, sus amantes; después, a Graphopoulos, que había querido jugar a ser espía porque no tenía nada que hacer y porque se los imaginaba rodeados de prestigio, como los describen las novelas.

Ocho días después, en un club de Montmartre, una mujer, delante de una copa vacía que la dirección del local colocaba en la mesa para guardar las apariencias, le sonrió.

Era Adèle.

—Le juro que ni siquiera sabía lo que andaban trapicheando. Hay que vivir, ¿no? —Naturalmente, ¡ella estaba dispuesta a «trapichear» de nuevo!—. He recibido una fotografía del muchacho, ¿recuerda?, el que trabajaba como empleado en no sé qué notaría.

Y de su bolso, blanco debido a los polvos de maquillaje, sacó una fotografía. ¡La misma que había recibido Maigret! Un muchacho alto, de rasgos aún poco definidos y al que el uniforme parecía adelgazarle, probaba, por primera vez y con expresión arrogante, a llevar un salacot.

En la Rue de la Loi debían de mostrar una tercera copia de la foto a los huéspedes de la casa, a la estudiante polaca y a Bogdanowski.

—Parece ya un hombre, ¿verdad? ¡Con tal de que no sucumba a las fiebres!

Y en el Gai-Moulin, ¡debía de haber otros jóvenes y otro propietario!